U0927116

把日子过成诗

一位女摄影师的山居笔记

祥子——著

迷恋美好事物的记录者 | 以大自然为导师的探索者

脚踏实地敬畏万物的生活者

CNS PUBLISHING & MEDIA 中南出版传媒
湖南文艺出版社 HUNAN LITERATURE AND ART PUBLISHING HOUSE
博集天卷 CS-BOOKY

目录

contents

第一章 我的桃花源

当这座山脉出现在我眼前时，我有一种莫名的亲切感，好像它就在这里等我一般，等我来与它相遇。

第二章　一个人的小院

刚租下的小院里什么都没有，屋里满是灰尘，堆满了废柴，连做饭用的水都要每天来回半个小时去附近村里打。我没有请工人，开始靠自己的一双手去建设它。

第三章　如何让父母同意你去实现梦想

回首这一路的成长，我很庆幸，我终于与他们从统一到分裂，对峙，走到现在的和解。

第四章 我贪恋，一切美好的事物

终南山的一年四季都有不同的美，我怎么也看不够。在城市里密集的建筑撺动的人群总让人感到渺小，空气中弥漫着匆忙和焦躁。大自然里也总会让人感到渺小，而这种渺小却是充满对生命的珍惜与敬畏。

第五章 寻隐记

所谓的修行不是一味地在蒲团上枯坐，同时也应有通达俗世的智慧。

后 记

把日子过成诗

云雾中的终南山。

烟云缭绕，如同仙境。

序一

采菊东篱下，悠然见南山

马常胜
音乐家 古琴家

艺术家不仅要表达，也应如表达的一样去生活。樵歌箫吟，煮雪问茶，晴耕雨读，踏雪访梅。采菊东篱下，悠然见南山。这份悠然和洒脱令多少人羡慕又觉得遥不可及，也让人觉得一种不真实，这样的身心无挂碍，将自我和艺术融入自然之中，究竟又有多少人可以做到？正所谓：应有世人来觅我，水重山叠几层迷！

而祥子已然没有这些挂碍，已全然融入了这种境况之中。她悠然地来去于都市和终南山之间，在艺术和生活之间找到了平衡，生活也就是艺术，这是一种适在的悠然，是一种天人合一的自在境界。作为一个完全不受任何体制所限制的自由摄影师，没有那些成规和框架的约束，就意味着要有更强的自制和把控自我的能力。我想她并没有如此之刻意，她只是天性使然，随心而至，随遇而安，触境偶发。祥子正是用身心去经历创造这生命的艺术。

赏读她那些充满灵性而又温暖沉静的摄影作品，那里有自然的美好和人性的灵光闪现，让人动心动容。作品中人的神髓凝聚在瞬间，人已是自然的一部分，是风景，是摇动的花枝，是静坐的山石，是映红的桃花，是飘荡的清风……使观者深入其中而不自觉。

艺术不仅要表现生活，更应传递超越现实的境界。艺术需要技巧和成规，但是艺术家更应该有自己独特的技巧，这是用自我的心血点化开来的。终南山历代多有高人隐士，地灵人杰。将终南山作为自我的身心居留之地，也许是一种必然，也是对自己的一种暗喻明示。俯身大地，更贴近天空。天性中的淳朴天然，与喧嚣世界保持着距离，心有万物而不着一尘，那么她的艺术也自然会带给这世界一份宁静与超然。

祥子热爱终南山，热爱自然，热爱风景，热爱生命，而她所热爱的更是景色中的灵魂，是风景中大自然的呼吸。

身之所至，心之所会。风华露雪，草木虫鸟，收归五蕴之中，那灵魂的呼吸是天地自然的脉搏，也在自我的身心起伏跳动。

这是关于终南山居真实而富性情的文字，如终南山四季轮转的美好，自然质朴。这世外桃源究竟是在我们的心中，它充盈四季，恒时运转。

这也是一个赤子将身心交付于终南山交付于自然而吐纳的肺腑之气。那里有四季的丰沛，和心灵与万物交会滋长的盎然生机。

這些散发着泥土芬芳和自然气息的语句，是醒世的诗行，犹如溪流清澈，亦如夜空的星闪，澄清我们的心，让我们刹那明澈了然。

序二

勇猛地活着，像祥子一样

胡莎丽

我和祥子的缘分始于一次摄影约拍。

那是2012年的秋天，我突然想记录下自己平淡的生活，于是通过网络找到了祥子。这是我第一次知道有一种叫“跟拍”的职业，也是我第一次见到祥子，一个九〇后的水瓶座女孩。她有着高高的鼻梁，和像小鹿一样明亮的眼睛，左肩锁骨下有一朵红色荷花文身。

那是我参加工作后的第十个年头。和很多身边的人一样，我拿着并不算丰厚的薪水，一边努力工作着，带着安于现状的沾沾自喜，一边梦想着自由。而那时才22岁的祥子，早已走上了我梦寐以求的自由之路。喜欢拍摄又喜欢四处行走的祥子，不仅通过拍摄养活了自己，而且还独自一人走遍了国内32个省市自治区，以及尼泊尔、泰国、越南、柬埔寨、马来西亚等数十个国家……

如果祥子就这样一直行走下去，或许还不足以成为传奇。而这个转折点，出现在2013年的秋天。

终南结庐

2013年10月，我邀请好友祥子去山上小住。这座山有一个久远的名字——终南山。而山的深处，有友人建的道场，只接纳有缘人的到来。

在我意料之中的是，祥子一入终南，便喜爱得不舍得离开。而在我意料之外的是，她真的留了下来，没有再离开……

我爱终南山，爱它的云烟袅袅，爱它的山林蔚蓝，爱它的厚重、博大、包容、神秘，爱那千年以来栖居其间的灵魂……虽然我也曾无数次升起过要在这里栖居的念头，但放不下俗世种种，念头也终不过只是念头而已。

祥子的行动速度却快得惊人。我们所认为的种种困难，在她眼里都不过是现实施加的“障眼法”。想到了就立即去做，要做就尽全力，任何拐弯抹角或拖泥带水，都不是祥子。

后来她在终南山脚下租了一座农家小院。那里有一间不到二十平方米的、连村妇都不愿意住的土坯房，除了一堆废柴一无所有，她却当捡到宝一样。她亲手为她的小院糊泥巴墙、扎篱笆、铺地面、装窗户，像蚂蚁搬家一样往里面添加她喜欢的各种物件，往小院周围的土地里撒上各种种子……在她的亲手创造下，原本破旧的土坯房渐渐有了生机与模样。屋外有大片桃林，屋后有潺潺流水。在终南山这个宏大背景的衬托下，祥子的小院在一片绿色里露出土黄色的一角，显得渺小而温馨。远远看去，有种让人心疼的暖。

老灵魂

2014年的夏天，我和祥子相约同游武当山。原本打算在武当山待五天，结果第三日我们便匆忙折返回了西安。只因与武当山相比，祥子愈发觉出终南小院的好。

我的大段童年也曾在乡下度过，独自在云、川、藏旅行时也曾借宿于各种农家，但祥子的土坯房，仍可列为我住过的最简陋的房子。炎热的七月的晚上，没有水，没有电，甚至没有风。我和祥子并排躺着，聊着人世种种。为了扩大房子的空间，祥子砸掉了屋里的炕，剩下能睡的只有那张半废的折叠床。若是翻身动静过大，它会马上给你一个亲吻大地的惊喜。因为我的到来，祥子把那张唯一的折叠床让给了我，而她自己则将几个蒲团简单拼在一起，算是床了。

屋顶的黄土时不时扑扑簌簌地砸在我的脸上，蜘蛛在角落里默默织着网，一些夜精灵在四围窸窸窣窣地活动着，有老鼠，和不知名的各种小虫子。小屋的门因为太破旧，锁不上，我们用张木桌子顶在门后。其实这一举动纯粹是心理安慰，若真有歹人，真是半点用也没有。不远处，火车与铁轨撞击发出的“哐当”声不时传来，在夜里显得格外韵律鲜明。我一时有时光交错之感，仿佛自己早已是这片土地上的老灵魂，在这样的夜晚又活了过来……

自然为师

曾见过一些终南山的修行人，无一例外都会写出很美的诗句。我奇怪他们是怎么做到的，他们总会给我一个相同的回答：只要你认真住山，都会写出好诗来。

在来终南山之前，祥子虽也有时会将自己的照片和行走心得发在自己的微博上，但写作并不算是她的爱好和习惯。可一入终南，祥子的文字竟也如山中的植物一般，不仅充满了葱郁的诗意，而且十分高产，让一度以文字为生的我自叹不如。我问她怎么做到的，她回答：因为我找到了一位伟大的导师——大自然。

2015年的春天，祥子将自己的山居日记发表在自己的微信公众号上，获得了其他公众号的迅速转载，一时成为热门话题。赞赏者有之，质疑者有之，谩骂者有之。我知道她并不喜欢被称为“隐士”，她只是单纯地喜欢山林、喜欢自然而已，只不过山居的所在正好选择了终南。而我，很高兴能成为这一路上她成长的见证，看她一路披荆斩棘来到终南，以无比独立的姿态倔强生长，在山林的滋养中，成长为一个更加强大的自己。

有些人，活了一生，却好像从未活过；而有些人，活的每一天都好像长得足够别人的一生。我想，祥子属于后者。这个只遵循自己内心去生活的女子，一个独立、坚定、入世入得漂亮、出世出得洒脱的女子，在她仅仅24岁的时候，就已经活出了很多人梦寐以求的姿态。

自由的心

记得祥子拥有小院的第一个春天，她躺在那株最大的杏花树下小睡。风乍起，花瓣如雨下，落在她的红色衣裙上，远远看去，那花瓣像是原本就绣在衣服上。她一边伸手去接那点点花雨，一边兴奋地大喊：“太美了！太幸福了！我在终南山有座小院了……”那个下午，她在巨大的幸福中——睡着了。

我在远处笑着看她，心想，真好，这才是生活本来该有的模样：热烈地爱着，努力地追求着，全力地创造着，勇猛地生活着，不妥协，不将就，背靠土地，面向阳光，恣意生长……

我想，祥子用一本书想告诉我们的是：我们的生命原本轻盈，阻碍我们自由的从来不是纷繁的外在，而是我们的内在。心灵若自由，日日是好日，时时在终南。

引言 相遇终南

2013年的秋季，好友莎丽约我一同去终南山游玩，那段时间我正好休息， 便答应了。 这是我第一次听到这座山的名字，在此之前，我对它一无所知。那时的我并不知道，这是一次即将改变我一生的际遇。

当车子开出热闹的市区和城郊，驶进山路，青翠的秦岭山脉出现在视线里，茂盛的植被让它散发着一种质朴的幽静，这里的山泉水很清澈，公路沿线的小河里，一路上都听得到河水哗哗的声音。车子再往里开，一座座泥土房屋点缀在山脚或山坳，让这里的幽静又多了一层古朴的意蕴。望着眼前的景致，我整个人仿佛魔怔一般：这不是我梦中出现过的场景吗?

自我少年时，内心就开始了对田园的向往，陶渊明先生的诗一直是我的最爱。

“采菊东篱下，悠然见南山。”

和挚友莎丽在深山。

我无数次看着他的诗句憧憬着自己内心向往的山居生活。

虽然曾经也走过很多国内的名山大川，但终南山给我的感觉除了大山特有的幽静，还有一种莫名的亲切感，好像它就在这里等我一般，等着我来与它相遇。

我们的目的地是深山里海拔近两千米处的一个修行道场。莎丽是这个道场的筹建人之一，所以我也才有了在这个并不向外人开放的地方住下的机缘。下了车，背上相机和行李包沿着盘旋山路开始爬，山路两边开着各种不知名的野花，隐约可以听到至少八九种不同鸟儿鸣叫的声音。一路的鸟语花香让人感到分外惬意，然而连续爬坡的山路让我们爬得也有些吃力，一路我们停下休息了好几次。半山腰有七八处山民还住在山里，但都是上了年纪的老人，年轻人和孩子大都去城里生活了。再往上走，是一座寺庙。 一个多小时后道场就到了。

这个道场坐落在山坳间，四周长满翠绿的树。一圈竹篱笆将整个道场围住 。推开竹子做成的山门，是一座独木桥，桥下有一方池塘，池里的水草或安于水底或浮于水面，天上的蓝天白云倒映在清辙的水面上。 蓝的天，白的云，绿的草，汇成一幅生动的画面。穿过独木桥，迎来一簇茂盛的竹子，穿过小竹林，便看到一间满是古朴韵味的禅堂。禅堂的正中间挂着儒释道的画像，画像前面是摆了香炉和贡果的供桌。房间的一侧是书架，上面陈列着各类经书和古籍。地上放着蒲团，房间的另一侧，则放着笔墨纸砚和古琴。禅堂的两边有几间用来住宿的居士寮房。再往上，是一间用木头和芦苇搭建的八卦亭，八卦亭的上面便是厨房。

这里面有穿灰色僧服的僧人，有穿深蓝色道袍留长发的道长。在周边幽静树木和古朴建筑物的衬托下，我产生一种穿越般的错觉。

任道长便是住在里面的修行人之一，他出家前曾也功成名就，后来觉得有生之年应该做点儿有意义的事，便跟随因缘入了道门，如今来到终南山精进修炼。在来这个道场以前他一直住在一个山洞里，住了将近一年后山洞破裂无法再住，就暂时搬到了这个道场。还有一位姓刘的师兄也住这里。据说他来终南山以前有上百万的年薪收入，后来越发喜欢山居生活，就辞职进山了。他喜欢禅宗，每天持咒打坐念佛。他的性格开朗活泼，是整个道场的开心果。

既然是修行道场，聊天内容自然离不开寻佛问道。

我问刘师兄："禅是什么？"刘师兄说："禅就是吃饭时好好吃饭，放屁时好好放屁。" 话刚说完只听"啵儿"一声闷响，他紧接着就放了个屁，他和房间里的人皆哈哈大笑起来。

我又问任道长，"您觉得佛家、儒家和道家的区别是什么呢？"

"若用一棵大树比喻，道家是根，儒家是干，佛家是花。道家讲究深藏不露，真正有学术的道长是绝不会轻易显山露水的，关键时刻才会出其不意。 道家人注重性命双修，自古以来很多政治大家、人文豪客都是道家出身，像古代的姜子牙，近代的毛泽东，都是运用道家知识扭转乾坤、引领世界的奇才。儒家则适于管理国家，佛家则主要起到国泰民安时锦上添花、稳定民心的作用。"

"那在这山里您见过神仙吗？"

"见过啊。听说这个山头有两位从唐朝时起就住在这里的修道人。以前我住无忧洞的时候，一位白衣翩翩、满头白发的仙人就从我洞门口的树梢上御风而过，我赶紧出去报上道号想请教问题，但是仙人没回应直接飞走了。"

初遇终南的喜悦，溢于言表。

任道长说起这些的时候一脸的认真，不像是在开玩笑。

做饭的时候有人洗菜有人烧火，这里的人都吃素食。或许因为山里空气清新人心疏阔，简单的柴火饭反而比城里丰盛的食物更有味道。而且这里的水是没有水垢的，我把溪水捧在手里尝一口，味道是甜甜的。道场的空地里种了些许青菜，不过有时要从山下运，山里的粮食来之不易，所以每个人都很珍惜，吃得颗粒不剩，不会浪费。

在聊天中，我慢慢了解到：终南山是秦岭山脉的主要组成部分，“福如东海长流水，寿比南山不老松”中的南山指的就是终南山。秦岭山脉处于中国最中间的部位，它的存在使山脉两侧形成不同的气候，是中国南北方的分界线，也就是秦岭以南为南方，秦岭以北为北方。

因为终南山得天独厚的自然环境，它自古以来便是中国很多佛家与道家人的隐修地。古代的老子，近代的虚云大师等很多高僧大德都在这座山隐居过。从古至今，这里都是隐士的天堂，直到现在，也有很多修行人在这里居住修行，他们有的生活在山洞里，有的自己用泥巴和树木搭建成简单的住所， 他们的住处统称为茅棚。

听人们说，从道场再往上爬一个多小时，就可以到观音洞和朝阳洞。观音洞的洞顶有一个石头天然形成的莲花，甚是奇妙。我便决定去拜访。有的深山老林走进去会给人一种莫名的恐惧感，说来也怪，终南山带给我的只有纯粹的静谧与安宁。沿路有很多我没见过的不知名的花草，野鸡远远近近咕咕地叫着，它们十分警觉，不等你靠近就早早跑远了，我永远只是看到它们漂亮的背影。爬了一个多小时后，竟然找不到路了，或许是我在需要拐弯的地方没有拐，走错了路。怕过了约定时间朋友见我不回会担心，我意犹未尽地原路返回了道场。

晚上，我和莎丽坐在屋檐下，热了壶茶，听着山里友人讲各种山中趣事。 山里的夜与城市的夜是不一样的，没有各种照明灯光的折射，到了晚上山里便是伸手不见五指的黑。鸟儿们也收起了它们婉转的鸣声，只有蛐蛐还不知疲倦地鸣唱着。直到月亮升穿过山脉和云层升到半空，我们才进屋睡去。我躺在床上，回想着这一天满满的奇妙感受，我知道，内心深处那个日出而作日落而息的田园山居梦，被终南山彻底地撩拨了起来。

第二天，我把自己想要留在终南山生活的想法告诉了朋友们，最懂我的挚友莎丽当即表示支持，她知道我是一个怎样追逐自我内心的人。而这时，一位恰巧来草堂做客的人听到我的想法后发话了：“你就别想了，一个小姑娘住什么山，山居生活不是你想的那样全都只是诗情画意，很多苦都是你吃不了的，在这玩儿几天就行了，耍够了就回城市好好生活。”说这句话的是一位住山人，他在终南山的另一个峪口有一个茅棚。

其实，他说的话不无道理：山居生活有清风白云相邻，有诗、书、琴、茶为伴，然而与这些美好诗意同时存在的是物质的极度匮乏与生活便利的脱节，还有对体力、耐力甚至是智力的考验，这些在昨天我已经感受到了。也确实，现代的很多年轻人，空怀一腔梦想，但大多又安于现状，缺少为梦想脚踏实地持之以恒去努力的耐心和勇气。

有人支持也好，有人反对也罢，我清楚地知道，我内心所关注的，只是自己灵魂深处的声音——那份无比渴望与大自然深深链接的诉求。我相信我的直觉，我没有办法忽略它。即便有各种艰难的考验需要面临，我都还没有亲自经历，怎能凭他人的一己之言就全盘否定了？就像是一种从未品尝过的水果，纵然可以从他人的文章描述里心领神会，而我更愿意亲自为它跋山涉水采摘下来亲口尝一尝。何况，在追随自我内心的道路上，我一直走得又勇又猛，毫不吝啬地付出努力。

其实，我的内心也是有些许犹豫的：我天性异常独立，出了校门后我也没再花家里一分钱。2008年我成为一名人像摄影师，2010年我脱离影楼开始成为一名自由摄影师，用全国巡拍的方式带着相机，一边行走一边为全国各地的女性记录拍摄，这四年里我独自走遍了大半个中国和数十个国家。来终南山之前，我正在筹划暂停行走拍摄，在北京做一个固定的摄影工作室。如果按照原计划回北京做摄影工作室，养活自己一定是没问题的，但若要在自己一无所有、一无所知的终南山生活，也就意味着没有了经济来源，我该怎么办？

我给了自己两天的时间来做最后思考。

最后，我毅然决定完全依照自己真实内心所想去生活。金钱确实是我们生活的重要部分，但不应该是我们生活的全部。我还可以每隔两三个月就像以前的行走拍摄那样去全国各地拍摄，山里生活开销很少，我再控制一下自己的购物欲，这样下来满足日常开销应该是没有问题的。对自己心动的事物坐视不管，那才是人生的大遗憾，即便让你想要放下它的担忧有一百个，让你前行的理由只有一个就够：人生短短几十年，如果我不马上行动去做自己内心想做的事，以后可能就都没机会了。我必须忠于自己内心地活着，我的生命只能以我想要的方式度过，否则我的生命就毫无意义！

几天以后，原定的回城日期到了，我对莎丽说：你自己回去吧，我要留在这里生活了！

那个曾经感动我无数次的梦境，终于照进现实了。

第一章 我的桃花源

桃花源里的小院

在深山道场的生活是美好的，但那里毕竟是公众场所，很多个人想法实现起来有诸多不便。我便开始发愿能在终南山遇到属于自己的小院。

一天晚上入睡前，我靠在墙上，想起内心关于属于自己小院的美好幻境，于是，无意识地拿起笔，画起自己梦想中小院的模样：一排简单的泥土房，房子外围扎满篱笆成为小院。院子四周是一片树林，院子的背后是山，一条小河从山涧中流出，经过小院门口蜿蜒而下。我在这样的小院里亲近自然，日出而作日落而息。它可以把自己内心所有的美好都盛装进去，那是多么美好的事情呀！
画这幅画时，我竟被自己内心的美好景象感动得泪流满面。
画完后，盯着它看了良久，带着脸上的泪睡去了。

半个月后，一位朋友喊我一同进山拍照，路过山脚下一片桃园时，定睛一看，一座泥土房在桃园隐秘的角落静静地伫立着，隔着窗户看，里面只堆积了些许木柴和农具，显然是果农用来看护桃园的房子，已经被空置多年了。

我很兴奋，这里不就是我想象的小院吗？！虽然它有些破乱，但是我可以建设它呀。当即到附近的村子里打听这间房子的主人，告知想租住这间房子的来意，房子的主人当即答应了。那间房子建了二十多年了，最开始他们一家人住着看桃园，后来慢慢挣了钱，在村里盖了两层楼房，就再没人住这没水没电、生活不便的地方了。我们一切谈妥，当天签了合同。

签合同后的第一天，我从附近镇上置办了床单被褥、油盐锅碗和挂面等基本生活用品，又花了半天时间将房间内堆积的杂物运出去，屋里屋外从上到下彻底地打扫了一遍，房间里的炕清扫后又铺上报纸，最后点燃提前备好的艾条，原本满屋陈旧的味道被艾条的香味取代，屋子让人感觉愿意踏足进去了。

作为一个早习惯现代生活的人，突然搬到这个没水、没电的地方确实是稍微有些不适应的，特别是晚上。好在几个月在公众道场（道场有电）有所过渡。还有现代科技的发达，去镇上买了充电宝，手机充电的问题就解决了，给相机充电则拿到村子里的村民家去充。于是，我便请房东阿姨过来与我小住几天，她答应了。

入住小院的第一个晚上，阿姨还牵了她家的两条狗狗过去壮胆。灶台年久失修已不能用，我们便用石头搭起临时灶台凑合着煮了挂面，吃完后小坐一会儿便趁天黑前早早入睡了。早已习惯了山里夜晚特有的寂静，让人没想到的是离小院大约二里地的地方有一处还在通着火车的铁轨，每到夜晚，偶尔会有火车声划过寂静的夜空，这让小院的夜晚瞬间变得生动起来。有时还有风吹动树叶的声音、和着小院下面小河的水流声，这样的氛围，我总有一种自己置身在美妙的动画故事里的错觉。

因为房舍长期失修，睡在炕上，房顶上的小土块儿直往人脸上落。偶尔还有轻微的风从细小的墙缝里吹进来。三月的终南山还是有些微凉，我又把衣服搭在被子上。一天的劳动让我有些困倦，我闻着屋里盈余的艾草的余香，听着外面的水声，不知何时睡着了。

第二天，醒来时，暖黄色的阳光已经透过门缝照进了房间。房东阿姨说不适应小院的环境，来不及吃早饭便回她在村里的家了。我有点儿不舍，但也知道没有人生来是专门照顾谁的，我理解并尊重她，便与阿姨道别。

院子里长满杂草，我拿镰刀将它们一一割去，半天下来，屋里屋外看起来清爽了很多。我知道这只是小院建设的开始：早已塌陷空占地方的灶台我得把它拆去；因年久失修，墙体表面多处有土块儿掉落，看上去很破坏气氛，我必须和泥把墙体重新刷一遍；屋子里多少要有些装饰和桌椅，我得挑选到喜欢的然后想办法把它们运进来。

没有邻居和同伴，所以很多重活儿没人帮忙，我只有自己咬着牙慢慢弄。这一切都需要大量的耐心和时间，但我愿意去为它们付出，这些看似琐碎的小事虽然平凡，但我跟更愿意把它们当成一种创造。这个小院并不完美，但能相遇已是生命中的缘分，我愿意将我所有关于美好山居的梦想扎根于这片土地上，我愿意将满腔涌动的爱倾注于这片土地上。

每每看着小院，我的内心时常泛起阵阵暖流。我的山居，我的小院，那个曾经感动我无数次的梦境，终于照进现实了。

初春，远看小院的景象。四周的桃花即将盛开，那时的小院，美好得像是一个梦境。

我没有请工人，所有的建设都靠自己一双手完成。自己亲手打理起来的小院，才更有温度啊。

扎篱笆是个技术活儿

原本的房屋是没有篱笆的，虽然坐落在桃园里也诗意具足，但我总感觉缺了点儿什么。

过了几天，看到果农们拿着剪刀和锯子，修剪桃树上的枝条，原来，每年果树新发的枝条都要剪去大半，否则长出的桃子营养不够且长得都很小。看着那些被废弃的枝条，我心想是不是可以拿它们去给小院扎个篱笆墙呢？原先还想着去市里买竹竿用竹竿扎，如果能用这些枝条扎篱笆，那就省事又省力了。

于是，我花了一天的时间捡枝条、运回小院。扎篱笆看似简单，过程却也并不容易。首先把扎篱笆的线画出来，做标记。然后沿着线挖出一道坑来。坑的深度得正合适，如果太深，高度有限的树枝放进去就变矮太多，如果太浅，树枝就会固定不稳。有的土地特别坚硬，要去下面的小河里拎一桶水浇进土里，土质变松软后再开始挖。

从枝条里选出较为粗壮结实的，将它们每间隔约二十五厘米的距离依次竖着扎进土里，然后将土踩实。再选一些相对轻细的枝条在刚才埋进土里的枝条间依次左右交替地固定，从头弄到尾。这个细节最难做，需要极大的手力，手还时不时会被扎破。就这样，我连挖坑带编次序，忙碌了整整三天。一共五天下来，一双手被扎破了好几处，衣服上也沾了泥土。但是劳动是有成效的，有了篱笆，院子瞬间感觉雅致了许多，只等我改天再扎一个篱笆门了。

地上还有很多粗的枝条，我便把它们收集起来，它们便成了我烧火做饭用的柴。很多的住山人每天都要花很多的时间砍柴劈柴，而我出了门就是现成的，真心感谢上天对我的照顾啊！

凡是我感兴趣的事物，我都愿意付诸行动去学习去尝试。

这时的樱桃花开得正好。干活累了，就席地而坐，沏一壶茶。

学种菜

在山居之前我是没有过种菜经验的。因为常年的行走没有时间，也因为在城市里没有合适的地方种。

而现在，终于两个条件都满足了，我是十分愿意尝试的。

小院四周没有专门的菜地，而桃园里的树下面是不能种的，因为将来的树荫会遮住菜的阳光，没有光照植物就不会生长。

散步时我发现有些地方的一些桃树由于各种原因被锯掉，还没有来得及种新的，便用镰刀把它四周的杂草割去，再用锄头将地翻了一遍。翻地的过程对我来说可真是个挑战，两块儿地翻下来，手就被磨了好几个泡，扎篱笆的旧伤没好又添新伤。整个人也被泥土弄得灰头土脸的，简直就是一副“村姑”的模样。当然劳动付出也是有成效的，原本被杂草盖满的荒地露出褐色的土壤，有了一点儿菜地的样子了。

当时正值早春，我便买了些许菠菜籽和香菜籽，按照后面的说明方法撒了进去，再盖上大约一厘米厚的土，然后浇上水。

接下来每天清晨起来先去菜地里看一看成了每天的惯例，大概一个星期后，轻微地翻开土层表面，微小的嫩芽从壳里冒出；半个多月后，一层浅绿色的新芽破土而出。

然而，待它们渐渐又长大一些，让我哭笑不得的一幕出现了：我仔细观察时，发现发出的幼苗里有一半都不是菜苗，而是长相相似的杂草。于是，我蹲下来一棵一棵将杂草去除掉。

播种一个多月后，它们终于长到了可以食用的大小。菠菜用来煮青菜面，香菜则用来拌凉菜。这不用肥料、不用农药的纯天然食材，味道果然与超市购买的不一样，菜本身的味道十分浓郁。因为是自己亲手种出来的，也多了好几分喜悦来。

再到晚春，是种西红柿、黄瓜、茄子、豆角和红薯的季节。我继续开出两片荒地来，去镇里买来各种秧苗，翻土后将它们种上。这些蔬菜的种植不同于菠菜，它们需要搭架子，我便找来竹竿，回想着别的村民搭的模样模仿起来：西红柿相对较矮，架子的高度也可以相对矮一点，约七八十厘米的高度就可以了；黄瓜和豆角需要依附架子向上攀爬，搭到一米半的高度都没问题。

新的菜地里又有大量的杂草冒出来，有时我没来得及拔，草甚至比菜都茂盛，导致果实的产量只是正常农家的一半，但能有收获也是不枉我辛苦一场了。

经过一个夏季的成长，到了夏末它们纷纷可以食用了：西红柿又酸又甜，可以做西红柿面；黄瓜甜脆可口，不用凉拌直接生吃最好；豆角的产量是最多的，我持续吃了一个多月。红薯却不知为什么全军覆没，一个也没长成。

经过一系列尝试之后，我彻底迷上了种菜。对于我来说，山居不可以没有书，不可以没有花，更不可以不种菜。

我对这片土地也充满着感恩的情谊，它让我的生命得以与大自然全然地连接，让我内心的美好得以扎根土壤，脚踏实地地生根、发芽。

我生平第一次吃上自己种的菜，是一把菠菜。用餐过后，青菜的香味儿还会停留在唇齿间。那种感受，太满足太喜悦了。

应感恩这里的阳光雨露，默默的滋养万物。

打水路上

小院不仅不通电，没有邻居，而且不通水。后来我买了太阳能板，用电问题也算解决了。小院的下方就是一条从山涧流出的小河，但穿过村庄到达我这里时，它的干净程度已达不到饮用的标准。而最近的取水途径便是到村头的树林里，那里有一处常年流动的天然地下水，有时村民会去那里洗菜。

我从镇上买了两个十升装的水壶，这两个壶就是我运水的器具。每次打水一来一回需要半个小时的时间。

这对我来说也是挑战呢，平时摄影，虽然有时觉得背相机累，但在这两壶水面前，背相机的“劳累”简直太轻松了。唯一的办法就是让自己坚持下去。如果什么事情是不得不做的，但做起来又不那么享受，最好的办法就是接受它，并试图从完成它的过程中找出能让你快乐的地方来。于是，打水的路，便成了我更加亲近大自然的通道。

这一路也时常有各种动物出没：那些肥嘟嘟的喜鹊，真比锦鸡高调多了，每次我撒在院子周围的食物，它们都会以最快的速度抢完，然后三五成群悠然地落在树枝上发呆晒太阳，而锦鸡则总是胆小、认生，一副不易相处的模样，容不得你多靠近一步。草丛里的蜥蜴们就从容多了，它们既不会刻意靠近你，也不会慌张地躲避你。到了秋季，树林里到处都是蝉蜕，记得小时候最喜欢捡它们玩儿。我有很多美丽的照片，都是在打水的这条路上拍摄的。

而遇到连绵雨季时可就惨了，一路上都是泥土，又湿又滑，鞋子底部沾满了泥巴，走路变得更加吃力起来，树林里通往取水处的小路则会被流动的水全部淹没，还得蹚水而过。这样的天气打一次水要花去将近一个小时的时间。最开始，打满水回去的路上我需要中途休息六七次，渐渐地，我的体力和意志力都锻炼出来了，只需在中间休息一次。

路上两旁是村民的果园和菜田，这一路也是我感知花开花落、莺飞草长的信息来源，而对别人菜田每天的观察则间接地让我学习掌握了关于种菜的技巧：何时撒籽，何时搭架。别人怎么做我回去后照着行动就成。我习惯在早晨和傍晚打水，所以打水路上也是我沐浴晨曦和夕阳最多的时刻。

我越来越喜欢这条小路了。

大自然真是奇妙，即便只是平凡的一抹绿，也让人感到安定的力量。

打水路上必经的小桥

草帽是天热时候的必备品

我有一个愿望：在将来的某一天，任何一种遇到的植物我都能喊出它们的名字来。

狗儿阿黄

阿黄是村里农户家养的一条大狼狗。全身棕褐色的皮毛，眼神闪亮。虽然它像农村里其他大多数狗一样被主人散养着，但没有人愿意靠近它，硕大的身躯让很多人看到它就害怕，还没到它跟前就不自觉地远远往一边躲。

而我是愿意亲近它的，因为它靠近我时，我感知到的是它善意的信息，并没有想对我构成威胁的意思。于是，偶尔去村中小卖部买生活用品时，我会给它捎上一根火腿肠，它吃得很开心。渐渐地，它便跟我熟络起来，时不时穿过小桥和树林跑到我的小院里玩。每次来我小院，我大都在看书喝茶或者摆弄菜田。它也不会多叫，只是安静地趴在我旁边，一会儿望望我，一会儿打个盹儿，有时站起来伸个懒腰，追一下在附近落脚的喜鹊们。

都说狗是人类的守护者，在一次爬山的过程中我对此有了很深的感触。

那段时间正好我妈前来小住，我与她便一起爬小院附近的山头。山中很是幽静，沿路地上有很多被风吹落的野生核桃和板栗，可惜因为时间很久没人捡拾，已经腐朽，一路上溪水淙淙，蝴蝶飞舞，平日里远看甚是平凡的小山头，没想到里面竟然是别有一番风景。

继续往里，没有了被人踏地的小路痕迹，我们便沿着树木间隙抓着两边的草木向上爬，大片的奇花异草出现在眼前，那些花花草草全都是我没见过的，我甚是惊喜。我们采了一些好看的花儿准备拿回去做插花。

我们兴致盎然地停留了很久。准备下山时，却发现脚下的路让我们有些犹豫不决，必须仔细分辨才不至于拐进岔路里。这时，我突然想起阿黄来，于是便走到树林边朝村子的方向大声地喊："阿黄……阿黄……阿黄……"

平时只要我一喊"阿黄"，它都会立刻扭头看我，然后欢快地奔向我，而这次距离这么远，它能听到吗？它会来吗？

果然，大概十几分钟后，眼前出现了它狂奔过来的身影。有了它，所有的犹豫和不安瞬间消失了。我蹲下来摸摸它的头，我们一起向山下走去。

经过这件事，我更加地喜欢它了。偶尔远行归来，背着行囊经过村子回到小院时，它便成了我的欢迎者，看我走来，它就远远地跑过来，像是等待老朋友一般。

有的人说动物是没有感情的，与人类在一起只是为了一点儿口粮而已，对此我是不认可的，因为在阿黄身上，我已经收获了太多温暖与感动。

谢谢你，阿黄。

看似凶猛的阿黄，其实它很温柔。

阿黄，谢谢你的陪伴。

猫儿窝窝

知道我收留了一只流浪猫的消息，朋友们纷纷感叹：你终于有个伴儿了。

那是深秋的一天，我去深山拍照，从山间小路下到公路上时，一只白色的小猫看到我之后就向我跑过来，喵呜喵呜地围着我叫个不停。它很瘦，大概三四个月的样子，全身白色的皮毛、蓝色的眼睛，皮毛上有不均匀的污痕，叫声尖锐，不用说也知道，它是一只没人照看的流浪猫。果然在附近村民那里得到了证实，它是一只流浪猫，每天就在这村子的垃圾堆里靠翻找食物维持生命。村民们对流浪猫、流浪狗见得多了，也没有人想要收养它。

马上将进入冬季了，深山的冬季那是非同寻常地冷，看着它可怜兮兮的模样，我不禁心生怜悯，决定把它带回小院。跟村民们打过招呼，上车之前，我蹲下来问它："嗨，你愿意跟我回去吗？"

它依旧紧跟着我，冲我喵呜喵呜地叫着。好吧，既然如此，算你默认了。

回去的车上，我把它抱在怀里，或许极少有人这样拥抱过它，它在我怀里，一路都睡得很安稳。

既然是在这小山窝里遇到的它，就给它起名"窝窝"吧。

晚上，我看书，它悄悄地卧在我脚旁，呼噜呼噜地睡着。偶尔站起来前爪搭在我腿上伸个懒腰，再撒娇似的喵呜两声。我把自己吃的食物给它，它一副吃不惯的样子，朋友从网上给它买了猫粮寄过来，它吃得格外地香。每天清晨，它会定时地跑到我卧室门口喊我起床。一直过惯了一个人的生活，多了这样一个小家伙在身边，我也觉得欣慰起来。

一件事改变了我对窝窝的印象。

一天早上我醒来推开门，突然一道黑影飞速奔离小院，我定睛一看，那是一只花色的野猫。看着散落的猫粮，我明白是野猫进来偷吃猫粮了。而窝窝早已吓得缩成一团，窝在墙角，动也不敢动，叫也不敢叫。我气不打一处来，觉得窝窝太窝囊了，难道没有一点儿勇气去为自己拼搏和护卫吗？！怎么性格一点儿都不像自己的主人，简直有辱门风啊！我指着它数落它，告诉它以后再遇到这种情况一定要勇敢不要恐惧，可惜它一脸茫然的样子。后来，连续好几次同样的情况出现，它依旧每次㞞包一样满脸恐惧与退缩地躲在角落里看着入侵者。

唉，孺子不可教也！

好景不长，把它接回来的几天后，我找手机充电线给手机充电，发现充电线竟然断成了好几截，上面落着零散的牙印，不用说，一定是窝窝干的。
我只好去花了半天时间去镇上重新买了一根。让我意想不到的是，没过两天，新买的一根又一次被咬断了，伴随着还有各种数据线、传导线。我忍不住冲它发了火，质问它、警告它不要再搞破坏，它都一溜烟儿地跑到了院子里。从此我养成了注意随时收起物品和随时关门的习惯。这件事就这样过去了。

然而，逐渐地，我与它之间的战争还是爆发了。有一天，我进卧室闻到一股异味，仔细一看，不知它何时跑进了我的卧室，床底下是它撒的尿。而床上还有一坨它拉的屎！太过分了！我气急败坏地逮住它，按住一顿狂揍。怎么可以这样？我已经足够忍耐了！为什么不长点儿记性？
揍它的时候它叫得格外悲戚，一直以来它带给我的麻烦和苦恼，我一股脑儿地发泄出来。我丢开它时，它瞬间一跃，跳出院外。

它的行为也确实太让人生气了。或许从此它会记恨在心，我们的关系就这样破裂了。那也就随它去吧。

没想到，到了晚上，它回来了，竟然像昨天挨的打没发生过一样，又像往常一样跑到我脚边撒起娇来。这时我气消得差不多了，看着此刻一脸依恋的它，心里有一丝愧疚升起来。这次风波，就渐渐平息了。

冬天的时候，我出了一趟远门，让附近的居民定时每天进院里给它抓一把猫粮放在盆里。一个多星期我回来后，打开门看不到它，前前后后找了个遍也看不到它的踪影。想起以前有人告诉我如果主人长时间没归家，猫很有可能也会离家出走，我顿了一下，或许这个说法是真实的，它已经离开了吧。

我叹了口气，进房间开始收拾打扫。过了一段时间，我又想念起它……它怎么可以就这么消失了，离开以后会去哪里？会不会过得好？于是冲到院子里大声喊起来：“窝窝，窝窝……”说不定它就在不远处，听到我喊就回来了呢。

果然，喊了十几声后，它小小的身影跃进小院，同时喵呜喵呜地回应着，像当时初遇到我时那样飞奔到我脚下……我不顾它身上又脏了很多，把它抱进怀里……

在阿黄身上我明白了，狗是人类的守护者，与狗在一起就是“得”。而在窝窝这里我体验到：猫与狗相反，它需要你用极大的耐心去守护它、包容它，与猫在一起就是要学会“舍”。同时我体悟到：每一份关系里，不要去心怀期待，不要去试图掌控，更不要强迫对方去改变。好的关系，只是纯粹的彼此存在与陪伴。

经过与它来来回回的磨合，如今，我终于可以与它安好地相处了。

偶尔也会卖个萌呢。

曾经那个又黑有瘦的流浪猫儿，此刻毛色顺畅眼神明亮，分明就是一个美男子呀。

一袭布衣行于山水间

我大约20岁的时候，开始迷恋上穿棉麻衣服。那个时候棉布上衣配大摆花裙，是我的最爱。

最初并不是那么洒脱的，因为，每次穿上它们走在街上总有人回头望，在各种流行风潮轮番上阵的都市里穿那样的棉麻衣服似乎与周围的大环境有些格格不入。回头望的眼神里，有赞许、有不解，甚至偶尔有嬉笑。最开始，我是有点儿承受不了那些眼光的。但穿回所谓的流行风总让我感到别扭，只有穿棉麻衣服的时候我才感觉到真正的自己回来了。

爱因斯坦证明了物质即能量，能量即物质，二者之间可以互相转化。人体是物质也是能量，情绪和思想是我们内在能量的体现，我们穿的衣服亦是这样。如果你留意观察，你会发现，凡是瑜伽大师、气功大师等绝不会穿紧身衣或皮衣，不是因为风格的喜恶，而是那些宽松的棉麻衣服才不会阻隔他们的能量流通，让他们感到轻松、畅快。

我对古人的生活和意境是有向往的。而古人的衣服是怎样的呢？

罗衣何飘摇，轻裾随风还，
顾盼遗光彩，长啸气若兰。

——《美女篇》

香墨弯弯画，燕脂淡淡匀，
揉蓝衫子杏黄裙，独倚玉阑无语点檀唇。

——《南歌子》

多么美好呀！不管是简洁飘逸的魏晋风、雍容华丽的大唐风，还是精致婉约的旗袍风，都有着不同的美感，它们将中国女子的风情和雅致，静静勾勒于历史的画卷中。

有朋友去过日本，说即便在日本人最繁华的现代都市里，也时常能见到日本女子穿着传统和服出门，出现在大众视野里，而没有人会用怪异的眼神看她们，她们也十分轻松自然。据说在引领世界时尚潮流的欧洲，也有很多热爱复古装的人，他们成群结伴地穿着古装聚会，或举办古装集市，这些都是很正常的事。这样的情境多少与国外包容的心态环境有关。我想，这已不只是一种喜好，更是一种精神。

而国人则大多随大溜，对有个性的事物少有包容，只要你与周围人稍有不同，可能就会有人跳出来说三道四。

在中国，做自己，是需要勇气的。

当然，就现在的社会来说，很多工种需要干练利落的形象，人人爱棉麻、汉服，人人穿棉麻、汉服，是不可能的，但也可以做到起码的包容，允许他人穿。

山居后，随着性格愈加平和，我已不再穿那些热烈、张扬的大摆花裙了。在棉麻底料的基础上，我开始愈加喜爱纯色素净的复古风：盘口斜襟装，左右交领式汉服，是我最常穿的衣服，既贴合心意又行动方便。而这时，随着自我人格的稳定成熟，我愈加坚定地知道自己的内心，已不会再为别人怪异的目光所困扰，也不需要从别人的赞美里积累自信，只穿自己真正爱穿真正想穿的衣服，这已成为一种自然的存在状态。很多同住在山里的人大都也是棉麻布衣的爱好者。那些住在山里的人我是一眼就能辨别出来的，因为他们的身上总带着一股与众不同的、清风般的气韵。

一袭布衣，一处小院，安住于田园里，行走于山水间。于我，知足矣。

去河边清洗完衣服，都会挂晾在小院旁的树上，望着它们随风飘扬，也是一副美好的景致。

安静如你 。

山中那一缕清风，漾起隐秘在我心中的最纯澈的梦。

终南山的茅棚

在终南山安住下来后，我有了更多去了解这座山的时间和机会。那些来终南山修行的人的住所被统称为“茅棚”。

它们或悬居山顶，或立于山坳，或坐落山脚。有的是亲自拉砖造梁，有的是借山民遗弃的房子改造，有的是找个山洞加以建设。

不说别的，光茅棚的篱笆山门就是一道风景。山门大都就地取材，木头做桩，将粗细均匀的竹子一根一根密密地排列固定，扎成左右对称的两扇门来。再向左右延伸出篱笆，围住房屋，雅致的感觉就出来了。其实篱笆门是很容易推开的，有的上面也会挂着“闭关修行请勿打扰”等字样，有修养的人看到牌子是绝不会兀自推开的，只会转身离去不以打扰。偶尔也不免有粗鲁之辈，无视以上种种直接推门而入。所以住山人戏称这道门是“防君子不防小人”。 但这并不妨碍住山人的雅趣。

生活用具也大都从山民家里淘置，那些被村民弃之不用的石磨盘由石块支起横放在上面，便成了喝茶的桌子。那些早已不用的水缸瓦瓮，被住山人淘去装满清水，放几棵水生绿植，瞬间就成了一件艺术品。若小院上方附近有溪水流过，更有手勤者会破竹成渠，将溪水引进院里，细细的溪水沿着用劈成两半的竹子做成的“水管” 顺势而下，既方便了用水，也生动了视觉和听觉。

院中草木有致，多会有一片菜田，里面种着当季蔬菜，住山人用心地打理着，从下种、发芽到结果，都全天然全手工劳作，不会有任何农药的使用。有了这片菜田，就解决了住山人一半的蔬菜需求。厨房的灶与睡的炕大都是连着的，这样冬季需要取暖时，做饭烧柴的热气就会被重复利用，饭煮好了，炕也顺便热了，房间也暖了。

而竹帘是住山人最喜欢用的物件，几乎每个住山人的住所都可以看到它的踪影。原木色的竹帘或沿着屋梁顺势铺满屋顶，或轻盈地垂于墙上，既可防止屋顶和墙上的土粒滑落，又改善了视觉效果。再有三五枝采来的野花野草放入花瓶摆在案几，深山里捡来的枯木经过清理打磨便成了茶盘或摆饰。动手能力强的，连书架、桌椅都会尝试自己伐木制作。

住山人大都喜古朴素雅，不管房子本身条件如何，茅棚至少要起个合自己心意的名字，而茅棚的名字也一定程度地蕴含了主人的心性和茅棚的大致环境。

比如位于半山腰的金刚茅棚，由一个山洞改建而成，里面供奉着一尊金刚佛像，那里一走进去就感受到一种中正坚毅的气魄。

比如任道长的二道庵，据说一千多年前那里就是一个道庵。名字简单素雅，里面的人同名字一样心性淡泊。任道长常年不下山，自己亲手种的菜经常被山里的野猪冲破围栏吃掉很多，他不温不怒依旧种上新的。他常说："没关系吃了就吃了，人要活，野猪也要活嘛。"任道长每年有四个月的时间都在辟谷中度过，在辟谷的时候吃的药丸都是他亲手制作的。

住山的人们在自己亲手打造的空间里，日出而作日落而息，过着自己心意中的生活。虽然在外人看来太过清苦，他们却有着属于自己的快乐。伴随着时间的流动，守候着四季的轮转，生活的每一页，都被他们过成了诗。

茅棚所在的位置一般都会冬暖夏凉，即便是酷暑，也不需找避暑的地方了。

盛开的花儿，使院子瞬间便有了生机。

住山人的茅棚不需要奢华的摆设，极简与素朴也可以生出让人安定的美感来。

无论何时，山门永远是一道亮丽的风景线。

独处，是静心内省的过程，是与自己的灵魂坦诚相见的通道。

第二章　一个人的小院

独处之美

或许是出于水瓶座天性里那份对人群的疏离感，我对热闹的人群和热络的人际关系一直没有太大的需求，反而对自我的内在探索有着极大的热忱。

山居大多数时候都是独自一个人，很多人曾问我：一个人住在山里你不怕孤独吗？其实，这份看似有些孤寂的独处，对于真正热爱大自然的人，反倒是求之不得。

繁华的都市里，人们的生活被物质消费和媒体信息所填充，被明星八卦所牵引。而这些，我始终没有办法对它们产生兴趣。

对外界过多的关注让人们忽略了回归自己的内心，待热闹散去，该面对自己的时候，很多人反而倍感空虚，不知何去何从。

而独处，是静心内省的过程，是与自己的灵魂坦诚相见的通道。独处也是将生命放慢的过程。慢下来，去见证一朵花的绽放；慢下来，去凝视一滴露珠的存在；慢下来，去发觉被我们遗忘的美好。
独处是与自我内在能量连接的过程。我们总是将过多的期待和关注投放在外界，而爱和力量真正的来源是我们自己本身。
独处使我们得以磨去浮躁，好好倾听自己的内心。独处为我带来清醒，使我更热忱地珍爱生命，独处使我集中能量只把生命花在我热衷的事情上。

独处之时，大自然是我最好的陪伴。那树木、那花草、那石头、那河流……它们沉默不语地将生命的本质呈现出来。我的小院附近很多的花草树木，我总是喜欢长久地凝望它们，我总是好奇：是什么力量使枝繁叶茂的树木们在冬季时枝叶落尽？又是什么力量让这些枯枝败叶在春季生发出无尽的生命力？

以拍照为生的我，记录了很多人的美，也见证了大自然的美。当然，还有很多很多，我无法用相机拍下的。比如，百花的香味、海浪般的风声、比乐器都好听的鸟鸣声，还有与这山林对视时，那无法言语的宁静至极又狂喜至极的触动……这一切在都市里无法体验的感触，都源于我对独处、对大自然的热爱。

我热爱大自然，热爱独处。

住山久了，再难回到城市去生活，因为内心深处对大自然那诚挚的爱是钢筋水泥的城市所盛装不下的。

山居生活，书是最美好的陪伴。

在独处中，拥抱自己。

你怕黑吗?

朋友们知道我的小院里没水、没电，四周没邻居后，几乎每个人都会问一些同样的问题：“你不怕黑吗？”

这个大概是被问得最多的。

我总是如实回答：开始很怕，然后就不那么怕了，现在一点儿都不怕了。

如果说开始一点儿都不怕那是假的。之前住在深山道场的时候，左右房间都会有人，而且有电，而桃园小院这个没电没邻居的地方，自然是一个新的挑战，要不然我也不会每次都在天黑前就吃完晚饭，进房间就点上蜡烛关上门。

改变是从我的好友莎丽来小院时开始的。

三月末是小院四周的桃园花开的季节，我邀请我最好的朋友，也就是带我来终南山的莎丽前来看桃花。

她来的第一个晚上我们在院子里点了一堆火，她用手机播放着我们都喜欢的音乐，天空中繁星点点，一切都是美好的。一两个小时后，柴火渐渐烧尽，火苗灭了下去，她的手机竟也同时没电了，音乐停止，一切又回到原来的黑暗和寂静。这时我内心对黑夜的恐惧又满满袭上心头，而她丝毫没有要去睡觉的指示。

“你带充电宝了吗？能不能再给手机充点儿电，咱们好继续放音乐？”我想用这样的方式遮掩自己对黑暗的恐惧，然而这一切都被她看穿。她没有回应我，只是淡淡地说了一句：“祥子，你要停一下，看一看，你究竟在害怕什么？”

那一刹那，我像是被她点醒了一样，那个我一直捂着的疮疤被她赤裸裸地揭开。

是啊，我究竟在怕什么？ 我开始真正地面对自己的内心深处。
怕鬼？怕有坏人？抑或只是对黑暗中自己对外界无从知晓无法掌控的恐惧？

我仔细盯视四周，没有白衣飘飘的“鬼”，没有手拿利器的“坏人”。有的，只是眼前我亲手打造的小屋，远处沉默安静的山脉，以及身边温暖如初的挚友。

我顿时明白了：什么都没有！没有鬼，没有坏人…… 我所谓的“怕”，只是我的头脑在作祟！

我想起2013年初我在泰国北部的苏卡多禅院整整一个月的禅修生活来。在那里，我时常在清晨跟随禅院的僧人们一起到附近的村子里托钵，白天在自己的小木屋四周练习觉知和经行，晚上则翻看禅修大师隆波田的《动中禅修行指南》。书的序言中写道：

人，生而思考，思此想彼，永无终止。

念头像流水般地流动。

念头是最快的，快过闪电或其他，不知道它从哪里来。

由于我们看不清念头，所以有痛苦。念头本身并不痛苦，当念头生起时，我们不能及时地看见它，不能及时地知道它，不能及时地了解它，因而产生贪、嗔、痴，而带来烦恼。

贪、嗔、痴，事实上并不存在，只因为我们看不见“心的念头”，所以它们才会生起。

因此，让我们来培养觉性。念头生起时，知道它，看见并了解它。这就是觉—定—慧。我们称之为“觉知”。只要我们觉知就不会被念头拖着走；若不留神，它便导演不停。

通过对这本书的反思，我逐渐知道了自己以往为何有那么多痛苦与烦恼的根源：我总是掉进自己的各种念头与情绪里，任凭各种杂乱纷飞的念头与情绪牵着自己走！日常生活中，如果哪天早上我遇到了不开心的事，我可能会在接下来的一上午甚至一整天都沉浸在因为那件事带来的不开心中，甚至要很多天也走不出那个阴影。

因为没有觉知，我们一味地沉浸在自我的情绪里；
因为没有觉知，我们极少地活在此时此刻的当下；
因为没有觉知，我们错失了生活本来的面目。
当自己能够去看到自己的每一个念头时，一切就停止了。只剩下此时此刻真正的当下。

思绪拉回桃园小院，当我再次去觉知对黑暗的恐惧时，我发现，所有的恐惧顿时烟消云散了。

其实，生活中我们有太多这样的例子：想要换一份工作，怕自己做不好；想要去尝试新的生活状态，担心自己不行。我们习惯了掌控，唯有一切在掌控中我们才会感到舒适，我们对未知的事物和空间充满担忧恐惧。然而掌控是有限的，只有在未知里我们才可以遇到更多无限可能。

当我们开始勇于直面内心的恐惧，并去觉知它，就会看到，它原来只是“梦幻泡影”，大多数的恐惧，原来都只是我们内心的幻影而已。当你看到了，也就放下了，当你放下了，也就无惧了。

去观照你的内心吧，穿过那表面的平静与暗处的沟壑，拥抱你本真的内核。

原来，他不是小偷！

2015年春节，我离开终南山回太原陪家人过春节。

春节假期结束，我从城市回到思念已久的山里，满心喜悦地下了车，穿过村庄和树林走进小院时，却瞬间被眼前的场景惊呆了：小院房间的木质老窗户被撬开，紧挨窗户从里面挂的竹帘也没了，放在院子里烧火用的新买的铁炉也不见了踪影。

我打开门，环视一周：床上的被子褥子枕头没了，蚊帐没了，友人送的茶壶不见了，打开抽屉，我心爱的陶笛乐器也不见了，就连我一直养着的一盆草都被连根拔起…… 甚至连做饭用的案板菜刀都没了。

很明显，我不在的时候，小偷趁机撬开门窗锁，偷走了我的半个家。

看着七零八落的房间，那简直是近些年来我情绪最失落的一天。我想不明白这么纯净美好的地方，怎么会有这么道德低劣的人存在。这么美好的小角落，怎么会有人忍心破坏它？

报警？在这泥土路上，雨雪冲洗几乎无线索留下，况且在这个人员办事效率极低的地方显然是没什么希望的。我也不可能自己去挨家挨户地搜出贼人。失望又愤怒的情绪持续蔓延了好几天，靠着友人们的安慰和鼓励，我逐渐从失落中走了出来，接纳了这个事实。

看似接纳了这个事实，但其实我内心一直在盘桓、疑问着干这样缺德事的人究竟是谁？我突然回想起一个画面来：大概两个月前的一天，我刚从外面回来，在小院里坐着，附近村子里一个50岁左右身穿迷彩服的人低着头穿过林子向小院走来。当他刚踏入小院一抬头看到角落里的我时，突然飞速地转身掉头绕路离开了。

这个人的这个不太正常的举动当时就引起了我的注意。

瞬间，我所有的怀疑就都指向了这个人。甚至在受伤感重新袭来的时候想过哪天要去村里打探到这个人的住处，溜进去看到底是不是他偷的，如果真是他偷的，一定要让他尝到苦头才能解恨。

他之前那个举动带来的怀疑，使我每每路过他房子附近，都会立即机警起来，原本轻松惬意的心情立刻转换成警惕、怨恨、受伤，甚至是诅咒他早日得到他应有的报应。偶尔在小路上即将碰面时，我也会立刻收敛神情，给自己套上一副盔甲的样子。

直到有一天我跟村里一家我很信任的村民聊天，聊起那件事，把我的怀疑也告诉了他们。他们说：你误会了，这个人我们了解的，他不会做出那样的事。

啊，我错怪他了。原来。他不是小偷。

我看到了我的执着。小院被盗已然成为事实，也已经成为过去，而我却允许它引起的受伤感持续了那么久。有时，伤害我们更多的不是事件本身，而是那个不愿放下、不愿成长、不愿前行的自己。智者总是可以当下就觉察到事物的本质，而我这愚钝之人，竟然被自己误导如此之久。

如果说我们经历的磨难都是生命的定数，唯有从磨难中发掘到其中的正面意义，才是对生命意义的提升与成全。

纵观自己以往的成长历程，这样的例子似乎有很多。原本是微小的伤害，自己死揪着不放，每每想起就隐隐作痛。这真的是挺愚蠢的。有时，我们成长的速度，就取决于我们觉察的速度、放下的速度。

前几天，我站在河岸窄小的河堤上拍照，拍完转过身，发现那个人就站在桥头拐向河堤的地方看着我，脸上是善意的微笑，显然，要过河堤的他没有打扰我拍照，而是站在那里一直等着。我收好相机，退下河堤，回以微笑，伸出右手：您请过。

就这样，于无形中持续了半年的较量，在这个微笑中结束了。

我迈开步子向前走去，相机背了很久，有一点儿重。然而，我却感觉似乎越走越轻松了。

生命的所有发生，都是我们修正自我成长自我的契机。

山居生活是易是难？

2016年是我在终南山生活的第四年，这四年里，我见证过很多的人，他们满怀期待地背着行囊从五湖四海来到终南山，他们对山居充满向往，但通常过不了一两个月就纷纷带着些许遗憾甚至抱怨，消失于这山脉间，重新回到了城市。

这是一个必须承认的问题：很多人只看到了山居生活美好与诗意的一面，但殊不知，美好与诗意的背后更需要极大的耐心，极强的生存能力，甚至是对自我的挑战。

先就基本的一日三餐来说，城市里餐饮业极其发达，一出门就有大量的餐厅可以去，甚至不用出门，打一个外卖电话就有人把食物送到家门口。而山里是没有餐厅也没有外卖的，每一餐的食物你都必须亲自去动手。

看似简单的劈柴，都需要很多的步骤。首先，你得从树木丛生的树林里挑选出适合的那一棵， 把树枝锯断成段，然后运回住处，等它们晾晒到差不多干了，再劈成合适的粗细和长短，经过这一系列的步骤，它们才可以成为做饭用的柴火。

而烧柴也是有技巧的，往灶膛里添柴添得多了是浪费，添得少了火力不会旺，有时一不小心还有可能火灭了需要重新生火，做一顿柴火饭，不熟练的人时常会被呛得一把鼻涕一把泪。而烧的次数多了以后，也就摸索出了烧柴的技巧来：灶膛里的柴一定要是“空心”的，就是说不管里面放多少柴，一定要在底部留有一定的空隙而不是塞得严丝合缝，空气的流动是火持续燃烧的基本条件。

前几年在国外行走时经常吃不惯国外的食物，但只要住的地方有基本的锅和灶，我就一定会去超市买相应的蔬菜自己亲手做出合胃口的中餐来。靠着这极强的生存本能我才得以走遍了近十个国家。而如今山居与行走是完全不一样的状态，必然面临着新的学习，而我是十分乐意去尝试的。

也一直有人问：山里洗澡方便吗？答案一定是：不方便。
先不说某些季节缺水时连吃的水可能都成问题，沐浴设备需要用电，而山里的电压时常不稳。与城市的便利相比，在山里洗澡确实是一件更加耗时、耗力的事情，能三五天洗一次已是不易。听说有些南方的朋友一天要洗两次澡，当然这与他们南方潮湿的气候环境有关。如果要让他们三五天才洗一次澡，简直是难受到不可思议的事。

而另一个事实是，在山里生活，节奏放慢人心闲悠，空气也比城市里的洁净，所以通常一天下来即便不洗澡也没有异味或不适感。当然，如果在山里能找到各种条件都具足的住所，那也是你莫大的福报。

除了思想上的智慧，还需要生活中的诸多技巧以及保持勤劳，比如你必须在冬季来临前准备好足够冬季取暖用的柴，冬季天寒地冻什么活儿也做不了，若没提前把柴准备好，那就等着哭天天不应，叫地地不灵了。

如果衣食住行这些方面的难关你全部克服了，那么接下来是最难过的“心”关。没有人群和娱乐设施，你必须对眼前的自然万物有足够的热爱，才能透过孑然一身的孤独表象，感受那妙不可言的清净本相。如果没有足够的定力，那些你以为的清净自在，就变成难以忍受的清苦落寞，那些你以为的回归自然，简直就是缺衣少食的“活受罪”，大部分没有通过考验的人，都是败在了这一关。

佛陀开悟前，经历过吃牛粪便的不净行，与尸同睡的去念行，不洗澡的污秽行，日食一米的辟谷行，以及饮食禁忌、常站不坐、长时禁语等各种修行。我们凡人不需要用这样极端的方式来修行，但若要实现自己的山居梦，需要在现实条件和自我习惯中做出一定的让步或调整。适应得了山居的不便之处，方才可以体验到山居的美妙之处。

有人说现在脱离城市到山里生活的人都是在逃避现实，说这样的话的人一定是没有真正深入了解过这个群体的。确实，有一部分人是因为逃避而来到山里，而在短暂的休息和调整后，他们大都又重新回到城市。而那些真正留下的人，是因为内心对大自然最真挚的爱。也总有人说“小隐隐于野，大隐隐于朝”，把这句话当口头语的都是没有真正在山野生活过的人。其实这句话应该反过来说：大隐隐于野，小隐隐于朝。因为在山野中生活比在便利的都市中需要更多对生活的热爱、耐心、毅力和智慧。

有的人迷恋物质世界并乐在其中，有的人在物质贫乏的山里却过得怡然自得，也不是因为住山的人们有多么积极乐观，而是他们生命的美好已经不需要通过对物质的追逐来呈现。或许，根本无须对比这两种状态谁好谁坏，每个人天生的性情与使命都是不同，把追逐物质富裕的人放进物质匮乏的环境，他一定会感觉备受煎熬，把热爱山居生活的人放在名利场中，他也必心生厌倦。

也一直有朋友在电话里问我：能帮我也在终南山找一处小院吗？我也想过山居生活。

每次我的回复都是：这个忙，我真帮不了。因为能不能在山里住下，并非只是有没有一处小院的问题，它更多地在于你个人的意念、你个人的意志，以及你个人与这座山的缘分。我见过太多人兴致满满地奔赴这里，但没多久又离开。这就像一场爱情，不管别人再说你们般配或不般配，也必须你亲自去面对面地接触，才知道那个人是不是生命中的真爱，这是一个道理。

有几个来终南山游玩的朋友走时会坦诚地对我说：祥子，说实话怎么感觉终南山没想象中的那么好。
也有朋友踏进这座山，走进我的小院时，瞬间就静默地流出眼泪：感觉与它似曾相识，那种莫名的情愫让她感动得流泪。

那么终南山究竟是美还是不美？

其实，山永远是那座山。只是，在与它无形气场相投的人心里，它是前世的故乡，是今生情感的寄托，是身心的家园。于是，对它的美、对它的爱，多少诗意的语言都表达不出一二。而在与它气场无缘的人眼里，它大概与其他山水别无二样。

同样，山居生活也是一个道理。对于真正热爱山居的人，再大的困难都能克服。对于浅尝辄止的人来说，它只是越发无趣的存在。

山居生活，是一种选择，是一种物质层面在做减法、精神层面在做加法的生命状态。

山居生活，说是难事也是难事，说是易事也可以是易事。这一切，只在于你自己的取舍之间。

烧柴时面临烟熏火燎的考验，是每个住山人都会经历的事。

用柴火煮出的茶，有一种莫名的香气。

在城市里，黑压压攒动的人群总让人感到渺小，空气中弥漫着匆忙和焦躁
在大自然里　也总会让人感到渺小，而这种渺小感却是充满对生命的珍惜与敬畏

山居生活需要钱吗？

山居生活需要钱吗？

如果我说不需要，那我一定在说谎。

如果我说需要，那一定会有三两个人跳出来冷嘲热讽地说："切，真是假清高，还真以为你是神仙呢，不是照样离不开钱？"

我想不明白，人人追求平等的年代里，在某些人眼里，选择山居的人为什么就失去靠自己劳动创造生活的基本权利了呢？

17岁那年离开校门，因为骨子里异常独立的天性，我便立志要自立自强，从此不再花父母一分钱。那年我做了一年的摄影助理，每个月的工资只有三五百元，因为那时吃住还在家里，所以自己节约一点儿，但也做到了对自己的承诺。那一年，我父母每每劝诫我要多挣钱多存钱，我都不屑一顾地觉得：我才不在乎钱呢，谈钱简直太俗了。

18岁那年去北京成为一名人像摄影师，每个月管吃住还有两三千元，我开始舍得给自己买喜欢的各种花裙子了，那一年大部分的钱都花在了买裙子上。

19岁那年又去深圳，歪打正着地在深圳一家知名摄影机构试拍应聘成功，每月管吃管住还有四五千元。工作很轻松，修片化妆都有专人负责，拍摄完毕就可以去休息。而那时，内心对生命也开始有了进一步的探索：我开始厌倦影楼模式化的拍摄，我想要去行走，想带着我的相机走遍国内国外任何我想去的地方。于是，第一次开始有意识地存钱。那年秋季，我彻底辞去了影楼的工作，去了心心念念的云南，爬雪山、徒步，拍自己真正想拍的照片……那三个月里花光了手里仅有的积蓄，也使我第一次真正感受到生命完完全全的自由，同时我也迷恋上了行走。

20岁那年，决定彻底给自己自由，我决定用行走拍摄的方式：全国各地的女性都可以向我预约拍摄，每个城市满四五个名额我便可以带着相机出发。这时，一直反对我从事摄影的父母资助了我一笔购买第一台相机的钱，这也是出校门后我唯一一次花家里的钱。

最开始当然是辛苦的，为了省钱，坐二三十个小时的火车硬座是家常便饭，连卧铺票都舍不得买；为了省钱，泡面和沙县小吃是我吃得最多的食物。那一年，时常白天给姑娘们拍一天照，晚上接着熬夜修片到凌晨。因为最初拍摄定价每单只有几百元，除去来回路费和生活费，我还得为接下来的旅程做打算。那一年，贫穷且自由着。

21岁，拍摄渐入佳境，收入逐渐增多，这一年，将父母借我买相机的钱也还上了，甚至开始寄全国各地的美食给他们分享，开始每个月定期给父母的账户里打钱，我认为，除了陪伴，金钱也是向家人表达爱的最佳方式。而我也开始坐得起火车卧铺和高铁，甚至可以订特价机票了。拍摄工作变得日益忙碌起来，长期外景拍摄使我的皮肤被晒得黝黑，很多人看我的肤色，还以为我是少数民族的。我继续白天拍照晚上熬夜修片、边行走边挣钱拍摄的生活，有时早晨醒来会突然想不起自己是在哪个城市。这一年，忙碌且享受着。就这样，我靠着自己热爱的摄影工作，一个人一台相机把大半个中国走了个遍，还有数十个国家。

直到2013年秋季遇到终南山，从此停止了行走，一心过起回归自然的生活。原打算每隔两三个月就去外面一个星期，像以前那样行走拍摄，这样养活自己也不成问题，并做好节衣缩食的打算。让我没想到的是，竟然开始陆续有姑娘从外地赶来找我拍摄了。

这样一来，我又一次将自己热爱的工作和热爱的生活方式结合在一起，精神方面自由地成长着，物质上也不再需要担忧了。每个月除了维持正常开销，我依然可以向父母账户里打些钱表达心意。为此我十分感恩每一位找我拍摄记录的姑娘，拍摄工作也越加专注和用心。

这些年里，我从自卑内向成长到自信具足，从偏执激烈成长到越发温和，同时，我也开始对金钱有了新的解读：

钱不是肮脏的，反而是和空气与阳光一样有着无比纯净的本质。你愿意付出劳动和智慧，你就拥有得多，你吝啬于付出就拥有得少。

它让我吃得饱穿得暖不用做啃老族；
它让我得到基本的人身自由和尊严；
它让我实现自己内心的梦想；
它成为我和家人朋友沟通感情的桥梁。

我实在想不出它有什么坏的品质。如果有人说金钱会让人变得邪恶和贪婪，我想说金钱本是一种介质，让人变邪恶和贪婪的不是金钱，而是人自己的心。每一个脚踏实地靠自己的双手和能力去赚钱的人都是值得我们尊敬的。

栖居山林总给人淡泊物质的感觉，确实是这样，但山居生活不花一分钱也是不可能的。

连修身养性、修佛炼道的修行者们住山，都要讲“法、侣、财、地”的具足，这四项有一项不具足都不符合住山的基本条件。“财”排在了第三位，比合适的地方还要重要，住山人比谁都清楚：柴米油盐需要钱，修缮房屋需要钱，偶尔串门人情往来你不能空手去吧？带一些蔬菜茶点也需要钱。再退一步讲，即便打算自给自足自己种粮食和蔬菜，你也得先花钱买种子不是？

修行的人们尚且如此，更别说我这个既不修佛也不炼道的普通人了。山居生活除了以上最基本的，还有交通费，比如米面油或自己种的菜供应不上时，还要去镇里买，交通费也是不可避免的；住山后衣服买得少了，但我离不开书，每年的购书费也得近千元。

但偏偏有些人喜欢先入为主地给住山人贴标签，认为你在山里就应该百分之一百二地“不食人间烟火”，你买个锅碗瓢盆他都会觉得你违反了“规则”。

当然，也不是说我因此就是金钱崇拜者。金钱只是保证生活基础和人身自由的一部分，但金钱不能决定全部，我也不会把金钱作为衡量一切的标准，更不会沦为金钱的奴隶。山里也确实有人吃最简单的食物，住最简陋的山洞，身无分文却也怡然自得。物质与精神的取舍并没有固定的标尺，对于我们普通人来说，依照自己的能力和需求，取得物质层面和精神层面的平衡与和谐才是重要的。

请相信，你完全可以把生活过成自己想要的模样。

勇气从哪里来？从你自己内心而来。

第三章 如何让父母同意你去实现梦想

一直有很多人问我：你独自在终南山过这样的生活，你的父母同意吗?

“一开始是不同意的，但后来就同意了。”我每次都如实说。

我几乎每天都会收到很多人的留言：祥子，真的很羡慕你，我也很想像你一样去做自己想做的事，想去做设计/去写作/去行走……但是父母不允许，为此我很难过/我不知怎么办/我只好委屈自己去做他们想让我做的工作……诸如此类。

人家所说的所问的，我都理解。

生活中熟知我的朋友们都知道，我这些年的成长史，就是一部与父母之间从互相对峙到互相和解的奋斗史。索性将这段成长史单独写出一篇来，希望也能带给你些许坚持梦想的动力和启发。

飘零的童年

我幼年关于美好的记忆，只有几个我爸牵我或抱我的画面，然后就是疼我的外婆。而我妈是一个极其情绪化的女人，时常因为小事而大发脾气或生闷气，每次我想要亲近她时，她总是毫不客气地将我推开。每每看到同龄的孩子在父母怀里撒娇的场景，我都只有羡慕的份儿。

而我的内心多么渴望我也能像其他孩子一样，能被父母抱在怀里呵护。而到了我九岁的时候，这个再普通不过的憧憬似乎离我越来越远了，我的父母去外地工作，我开始了长达六年的被寄养在各种亲戚家的寄居生活。父母每年回来看望我一次，留下学费与生活费。

这是一段对当时的我来说几近地狱的生活。那个被寄养的孩子，没有人真正地关爱她，甚至每天还有毫不遮掩的嫌弃、指桑骂槐的嘲讽。那些年，我自卑、敏感、孤独、绝望、无助……甚至想过离家出走，想过自杀。

那些经历过的痛苦，只有与我有着同样遭遇的人才可以想象。而这一切，是不可以跟父母讲的，因为我怕讲了他们会担心难过。

去接纳，那些生命中注定发生同时也无法改变的事实。

自我意识的爆发

15岁我上高中时，才又一次与家人生活到一起。

我成绩平平，内向又自卑，同时也极其地独立，同学们成群结伴地上学下课时，只有自己的影子陪着我。高中生活就这样沉默且平和地过去了。

17岁开始考大学时，我的父母反对我报考我想学的音乐或美术专业，坚持让我学他们认为是铁饭碗的财会专业，那些一直暗涌在我内心深处的自我意识彻底爆发了：为什么我要浪费整整四年时间在我压根儿不感兴趣的事情上？！为什么我的人生我不能做主，却只能听从你们的摆布？！最后我做了连我自己都吓一跳的决定：退学！这个大学我不上了！我的态度前所未有地坚定，他们最终只能任由我自己决定了。

退学后，我发现自己对摄影感兴趣，但不知从何做起，只知道有影楼。于是我一个人到太原有“影楼一条街”之称的柳巷，一家挨一家地问是否需要摄影助理，因为年纪小也没有经验，一连问了十几家都被拒绝了，直到问到整条街的最后一家，人家才同意让我试一试。

摄影助理的工作很辛苦，铺裙角、补妆、拿道具、搬闪光灯……经常忙得连饭都不能按时吃。开始只是对摄影感兴趣，没想到歪打正着越做越喜爱，即便每月只有三五百元的工资我也坚持了下去。而这一切，我的父母是反对的，在他们看来摄影师是很辛苦也没有前途的职业。他们甚至还拿断绝关系来要求我放弃摄影，但我还是坚持了下来。

这是让父母支持自己梦想的第一要点：

你自己要有一个真切的愿意为之付出努力的方向，并且对它有着毫不动摇的坚定信念。你喜欢它、热爱它，它是照亮你内心的光。

如果你暂时还没发现自己喜欢的事，那就只能去问你自己，去感受你自己，直到问出自己答案来。

也有人觉得听从父母的建议，让他们安心就是“孝顺”，倘若走一条自己想走但父母不同意的路，父母会担心，自己就“不孝顺”。

我想说，完全地听从父母而丧失自己的立场，这才是最大的悲哀。

所以，坚持自己不仅需要智慧，还少不了勇气！

勇气从哪里来？从你自己内心而来。

不想随着世俗随波逐流，就去紧紧的拥抱属于你的自我。

追逐内心的旅程

或许因为自身对摄影有些天赋，一年后我到北京一家摄影工作室去应聘摄影师，试拍成功。于是，在我18岁的时候，我便在北京成了一名人像摄影师。2009年又去了深圳，在一家很有名的摄影机构应聘成功，那时，19岁的我，已经月薪四五千。

2009年末，我越发感到影楼模式化的拍摄毫无意义，索性又辞了职带着一小笔积蓄去了一直想去的云南。我在那里生活了好几个月，因为有之前的积蓄，也无须担心生活，我在那里学骑马、爬雪山、徒步旅行，拍了很多自己真正想拍的照片。我第一次感受到：原来，我的生命可以这么自由自在！我再也不要回到以前备受束缚的状态了！

2010年春节过后，我感到自己的人生该有一个新的方向了，我决定成为一名自由摄影师，再也不回影楼了。没有钱做门面，我就在网上申请了博客，上传自己的作品。我只为女性拍摄，任何一个城市的人都可以预约，每个城市约到四五个名额我就可以带着我的相机前去拍摄。

就这样，通过摄影我实现了我的行走梦。离开校门后我就立志不再花家里一分钱，我做到了。而这时，我之前的积蓄花光了，他们便主动支援了我买人生第一台相机的钱。

因为自己一直走在内在成长的道路上，所以吸引到很多喜欢走内在成长道路的姑娘们找我记录。拍完照的姑娘们大都会成为见证彼此成长的生命中的朋友。每天接触性情相投的人，拍着自己真正想拍的照片，去自己想去的地方，我由衷地感受到生活和工作的快乐。

我的父母看到我的快乐，便再没反对我继续摄影了。

这是第二个要点：

记得向父母传递你追梦路上的快乐，让他们看到你的努力与成长。

如果你所坚持的事情没有带给你快乐，反而让你日益苦恼和颓废，你就要问问自己究竟是不是真的爱它。

因为一个人做着自己热爱的事情时，那种快乐是真实而纯粹的。那种快乐不需要去追寻，你一旦进入那件事，你就能真切地感受到它！

若有一天你沉没在人群中碌碌无为，那是因为你没有努力让自己活得丰盛。

去追随，那些属于你生命中的光。

伤痛，是疗愈的最佳切入口

我取得了一些人眼里的“成功”，网上开始不断有人留下赞扬我的话语，而我的父母还一如当初，从来没有一句对我的肯定。这让我一想起他们就会充满委屈。其实，除了委屈，还有愤怒，但我不敢承认自己的愤怒，潜意识里认为对父母有愤怒是很罪恶的一件事。

后来，我开始参与各种灵性课程，接触各种灵性老师，我红着眼睛问老师：为什么我这么努力这么用心地做好自己，我的父母还是不肯说一句肯定我鼓励我的话？得到的答案不外乎是：这说明你自己还不够强大，你若够强大了，谁的肯定都不需要。

这真是句似乎很有道理的回答，但它只是隔靴搔痒，毫无疑问，它对解决我的当下问题毫无用处。我才不管什么强大还是不强大，我只要父母肯定我！肯定我！

终于，有一天我回家了，我按捺住自己的委屈，假装风轻云淡地问他们："为什么我尽自己努力做到最好了，你们却从来不说一句肯定我的话？"

"我们一说你好，你肯定会骄傲得飘到天上去了。"他们淡淡地回了一句。

可是你们从来没有肯定过我，怎么会知道一表扬我我就会骄傲？！

我夺门而出，走向家附近人少的街道，眼泪止不住地流下来，带给我无数疑惑无数委屈无数痛苦的，竟然是这样一个莫须有的缘由，想想简直是荒唐。

我亲爱的爸爸妈妈，你们可知道，如果你们适当给予我肯定和表扬，我是不会骄傲自满的，我只会更加自信而做得更好啊！你们怎么就不相信呢？！

那一刻，我不再隐忍、不再压抑，只是哭，涕泪横流地号啕大哭，似乎把这些年的委屈都哭了出来。

哭完后，我擦干脸回去，与家里人依旧如初。不同的是，我知道，我开始不再一心想讨好他们，不再那么强烈地想得到他们的肯定了。这个感悟对我来说简直是重生！

我直接用剃了光头的方式来纪念这份成长。我清楚地记得那是2012年的7月1日，我把自己关在房间里，拿起剪刀，一点儿一点儿看着自己的长发被自己亲手剪下。想起这些年的斗争和此刻的醒悟，整个过程我都是泪流满面。

看着光头的自己，我完全地释然了。我知道，与父母之间的较量我已放下，同时，这是我面对全新自我的宣誓。

这是第三个要点：

看到父母思想意识的局限，放下自己需要他们认可的动机。

父母给予我们生命，这是必须感恩的，而同时，他们自身并非完美，他们也存在着自我的限制与匮乏，这是他们的无意识模式。在我的父母小的时候，他们的父母亦不懂得肯定和赞扬他们，所以，他们并不知道肯定和赞扬的重要性，他们只能给予他们所拥有的。而他们自己本身，也只是匮乏的受害者啊。

我们彼此本是独立的个体，他们不懂得表达不是他们的错，而我一味地索要，便是我自寻苦恼了。领悟了这些，我越发地释怀，不再感到委屈，不再怨恨，不再试图改变他们。我一股脑儿地投入成为自己的道路，毫不犹豫、毫无畏惧、毫无阻碍，内心日益变得强壮且饱满。我不会再为得到他们的认可而流泪水，只会全力以赴为成为自己而流汗水。是的， 我不再是那个眼巴巴等着他们肯定的小女孩了。

不用去感谢伤痛，而是感谢在伤痛中愿意去成长去改变的自己。

创造内外皆丰盛的生活

2010年至2013年期间，我带着相机一个人走遍了大半个中国和数十个国家。最初的时候没钱买卧铺票，为了省钱，坐二三十个小时的火车硬座是家常便饭。但我会每到一个地方就买当地好吃的特产给家人寄回去。一方面表达了我的心意，另一方面也告诉他们：看，我的梦想是可以养活我的。

不管是在影楼工作阶段，还是在行走拍摄阶段，我都会认真对待每一次拍摄，随着我拍摄水平的提高，经济状况也有所改善，2013年开始我就每个月固定地给他们的账户里打1000块钱。

这就是第四个要点：

保证自己的梦想能带来相应的金钱自由。

钱不是最终目的，但在父母的眼里，金钱是最重要的判断你是否幸福的标准。

如果你的状态持续是食不果腹、寸步难行，他们自然不免心疼。如果看到你很快乐同时经济也稳定，他们自然就多一份安心。

至于如何让你的梦想能够养活自己，就是你要亲自探究的了。

大胆一点，请无所畏惧的向前。

全然绽放的生命

2013年，我到终南山游玩时对这座山一见钟情，它引发了我内心深处的山居梦，我便决定停下行走，留下来过山居生活。我的父母依旧是不支持的，但没有以往那么强烈了。在我坚持住下后，他们也只是淡淡地说一句：注意安全，爬山时不要一个人，尽量有个伴儿。

2014年春，我遇到了属于自己的小院，我把我妈也喊过来小住，她也十分喜欢那里。我带着她一起为深山里的修行人送菜，带她去爬周边的山头，我们一起打理小院做建设，一起去周边的田野里挖野菜。在山里，每每遇到好看的野花，她都会像孩子般开心地采下来送给我。我们说好了，明年，我妈和我爸带着我的外甥一起来我的院子小住。除了继续寄终南山的当季土特产回去，在电话里，我们也时常分享彼此最近新学的厨艺和生活趣闻，每一次通话都充满了欢笑。

他们依旧不善言辞，也都多了皱纹长了白发，我也即将成为奔三的中青年。回首这一路的成长，我很庆幸，我终于与他们从统一到分裂、对峙，走到现在的和解，这一路用了二十多年。二十多年，不算长，不算短。

这二十多年里，我没能改变他们，我只是先改变了我自己。而现在，我对我的家人只有满满的感恩。几个月前，因为别人欠我家的钱还不上，家里资金陷入困境，我当即拿出自己这几年所有的积蓄帮爸妈解了围。那一刻，我感到自己已经开始负起责任挑起担当了。我相信一切都会越来越好。

在国外行走时，我了解到，很多西方国家的年轻人在离开学校进入社会前会先经历一段游学、旅行的生活，这段经历被称为“间隔年”（Gap Year）。他们背着背包去到异国他乡，或者边旅行边打工，在这份经历中增长知识，打开心胸，更借机去发现自己内心所爱的事物，以便回去后脚踏实地地为之努力。这些也都会得到父母的支持。在这方面，西方的孩子确实比中国的孩子幸福得多。而中国的父母更多的是对孩子的掌控与压制。

我不知有多少人还在与父母的关系中备受煎熬，不管如何，请你承认它、感受它、觉知它，然后才能跳出它。每个人都或多或少地带着伤疤生活在这世界上，而自我疗愈的意念与智慧只有靠我们自己去取得。若一味地停留在受伤者的角色里，只会错失更多美好，这实在是太可惜了。父母只是我们生命的给予者，我们自己才是自己生命的创造者!

生命的一切发生皆是能量的流转，就看你是否具备转化的意愿和能力。当理解有了，死结就打开了；当包容有了，对峙就松动了；当智慧有了，伤害就远离了。

当你愿意了，爱和自由就来了。

生命的成长之路，是一辈子的事，我会继续脚踏实地的走下去。

山居的生活沉淀了我的心性，滋养了我的身心。我的戾气越来越淡，恐惧越来越少，从容越来越多。

若愿意去感知，你会发现，大自然才是人们终极的灵魂导师。

第四章 我贪恋，一切美好的事物

春：野花野菜

我的小院坐落在一片桃园里，其中还间隔着种了几棵樱桃树、几棵李树，桃园的旁边还有两片杏园。

三月中旬，四周的花便陆续地盛开了。最先盛开的，是樱桃花和杏花。离我房间门口最近的是一棵杏树，杏花开时，坐在屋子里就可以望见一树繁花随着微风摇曳，这时最适合拿个蒲团放在屋檐下，沏一壶茶慢慢饮，一天的时光都要醉在这份诗意里。有时晚上吹起风，第二天清晨醒来，发现很多花瓣隔着门缝被吹进房间来。到了花瓣落的时刻，林间的小路上落满花朵，又到了每年路都舍不得踏的季节。

再接着李花也盛开了。李花的白不同于樱桃花的温和，它带着一股清寂的味道。每每与它对视，都会被带入一种清静的氛围。这个时候，野鸡也开始出来活动了，随时随地都可以听到它们清亮的咯咕咯咕的叫声，野兔的踪影也开始在草丛中出现，柳树也冒出了嫩绿的新芽，其他的花草树木也纷纷蓄势待发，经历过冬季的清冷，整座山开始热闹起来。

到了三月末四月初，桃花便开了，这个时候，我的小院简直就是一副世外桃源的景象。身在桃花源，怎能不喝桃花茶？起身摘几片花瓣，连同花蕊放进开水里，喝到的竟是桃仁味道的清香。只是桃花性寒，尝个雅兴即可，不宜贪杯。有时我会捡果农修剪下的带着花苞的桃花枝回小院，放入加了清水的土陶罐里，它们可以继续盛放。

四月中旬是春雨连绵的季节。站在屋檐下向外望去，平日里看得清清楚楚的远处连绵的山脉都被云雾笼罩着，总有几片白云飘在半山腰，每次看它们从出现在视野里，然后缓缓飘移至消失，我都禁不住猜想那片云朵上面会不会有位老神仙正在翻跟头。

春雨带来了美好的景致，也为生活带来了不便，每次去村头打水的路上，我的鞋子都会沾满泥巴，走路变得沉重起来，拎一桶水到小院比平时多用一半的时间。

古人讲春雨是“润物细无声”，在城市生活时对这句话总是不怎么理解，住在山里的第一个春季，我轻而易举地亲身感受到了这句话。就在这段春雨过后，大地从混沌中醒来，整座山打了个激灵一般瞬间“活”了起来。在你不知不觉间，绿意便爬上了草尖儿和树梢，空气里开始弥漫泥土的香味。春雨洗去了萧瑟，使万物开始生发。

终南山一直是草药的天堂，有古语说：八百里秦川无闲草。终南山上几乎随处一把不起眼的草木都可以是治病救人的良药。直到现代也时常见到背着筐子进山的采药人。同时，这里也不乏各种可以食用的野菜。我对草药不甚了解，但野菜自然是不会错过的。虽然我在小院附近也开荒种了一些家常菜，但野菜永远是餐桌上最受欢迎的亮点。

食用频率最高的是荠荠菜，它们是春季最先到来的绿色。这时村里的女人们也都挎着筐子出来了，采回去除了自己家吃，还可以卖给农家乐。它们大多混迹在草堆里，对于还不认识它们的人来说，把它们从草堆里分辨出来是一件难事，好几次我带没采过的朋友一起采，结果她们采的一半都是长得类似的野草，闹了不少笑话。

荠荠菜清洗过后可以剁碎了拌上粉条、豆腐等包饺子，也可以在开水里焯三分钟然后捞出来加油盐凉拌，这两种是最受欢迎的吃法。当然也可以下面条做荠菜汤面，或涮火锅吃。一口下去，满满都是野菜特有的香味。

紧接着野生油菜也长了出来，连着花带少量的杆儿一起采下来，或大火爆炒，或焯熟凉拌，口感十分鲜嫩，黄色的花更是为它的视觉效果增添了美感。

春雨过后，我小院附近的树林里会有大量的野蘑菇冒出来，因为它们长得很集中，所以每次找好地方不用很久我就能很快采满一筐。但是野生蘑菇一定要小心，必须完全确定是安全的，才可以采，否则很容易有中毒的危险。有时采得很多，吃不完的我就把它们晒干，留到冬季吃。

最受欢迎的是槐花了，山上山下几乎随处都可以看到它的踪影，采下来清洗后用面粉拌匀，再放到蒸笼里蒸熟，配着蘸料，面粉的麦香和槐花的清香，几乎没有人能够拒绝它们。

山居生活最喜悦的事情之一就是种菜。小院四周全部是树，树的下面是不能种的，因为将来树的枝叶会影响蔬菜的受光。所以只能挑桃园里枯死的树，在某棵停止生长的桃树下将它四周的杂草锄去，把菜籽撒上，再浇上水盖上碎土。虽然丝毫没有种菜的经验，但也不阻碍我凭着感觉去尝试。亲身体验从无到有的创造是生命中多么美妙的事呀。

没有拍摄工作时，除了打水、种菜、看书、做插花，背上相机在小院四周为花花草草拍照，记录它们的成长，也是我每天的必修课。我崇拜大自然，崇尚劳动，顶礼一切具有创造性的人和事。 我的双脚行走在大地上，我的双手触碰着土地，我的身心全然接受着安稳厚重的大地能量的滋养。

生命，因创造而不再庸常。山水、树木、夜空、万物生灵，大美无声，却直接让人感受到宇宙之浩瀚、生命之美好，让人喜悦、感恩、谦卑。若愿意去感知，你会发现，大自然才是人们终极的灵魂导师。

春季百花盛开时，从小院望出去的模样。

纯素食已近六年整。最让我心动的食物，永远是亲手煮的那碗饱含山林气息的野菜汤。

每每花落时，花瓣洒满小院四周的路，总会舍不得踩踏它们，这时我连走路都要小心翼翼。

夏：野果飘香

不绝于耳的蝉鸣声将整座山脉从春季的温润推向夏季的热烈。

初夏时分，小院附近的杏园里杏子熟了。正对着我门口的便是一棵杏树，它是整片果林里的树王：它的枝干最粗壮、最高大，结的果子也个头最大、味道最甜，它是终南山特有的大麦杏。因为正对着门口的原因，即便坐在房间里，抬头也可以望见它，我看着它从冬季枯枝到春季花开，再到夏季花落结果。所以也对这一棵树多出一分情感出来，每次到这棵树果子成熟时，我便把它结的果子全部包了下来。选长得最好的，运到城里快递给父母和好友分享。

发快递这件小事，在这里却要花我大半天的时间，我得把它们运到村里的公交车站，坐一个多小时的公车到市里，再转车到发快递处，来回的交通辗转，大半天的时间就这样花了进去，但一想到家人、好友可以和我一同品尝终南山的味道，再多的付出也都是喜悦的。

这杏子的口感备受家人朋友的赞叹，城市水果店里卖的根本没法跟它比。剩下的因风吹雨打长得不那么完美的，我就留着自己享用啦。大麦杏是我见过的杏子里个头最大的，成熟后微微偏橙黄色，有的皮可以剥开，果肉的脉络一清二楚地呈现。得益于终南山的灵气滋养，它们都水分饱满，看着就让人充满食欲。刚刚成熟的口感微绵，里面偏脆，有些带着恰到好处的微酸；而完全成熟的，则软绵香甜入口即化，一口下去，我被感动得简直想要落泪。

美好的食物，不只能温暖你的胃，更能安抚你的心啊！

小院后面还有一片杏园，大概有两亩地，是比大麦杏小一半的另一个品种，也很美味。可惜它的主人在城市忙碌，常年弃它于不顾，满树的果子成熟了也没人采摘，偶尔被路过的路人采几颗，然后彻底成熟后就被风吹落地上，被鸟儿啄下枝头。我的用量有限，也只好眼睁睁看着它们从好好的果子沦落到地上，慢慢腐坏直至回归土地变成尘土。我想，或许今年我可以学习果铺的制作方法，把它们制作成果铺。

而夏季最常见的是灰灰菜，灰灰菜相对好认一些，叶子表面有一层银白色的颗粒，使它在众多植物中格外显眼。灰灰菜口感比荠荠菜柔和一些，有一丝发甜，如果是偏老的则会微微发涩。一起长出来的还有蒲公英，蒲公英有清热解毒等各种功效，但无论怎么做都去不掉它特有的苦味，所以大多人都食用不惯。

再接着，轮到野苋菜登场了。野苋菜的口感比荠荠菜更粗犷一些，它的好处就是采起来比较省心，特别是有的个头很大，在草丛里很明显就能看到它们，野苋菜只采每棵最嫩的尖儿就可以。我最喜欢用野苋菜煮汤面，面条快熟时提前两分钟放进去，然后加盐，再滴些许香油，其他任何调味料都不需再放，每次煮出来连面汤也会变成好看的淡绿色，它恰到好处的饱和度让我每次连面汤都喝得一口不剩。

夏季的炎热让很多的劳作都慢了下来，夏季最享受的劳作大概就是在小河里洗衣服了。流动的水里有些许水草在随着水波摆动，而这水草周边有小鱼儿在游来游去。去村里打水的工作则被放在清晨或傍晚进行，因为这是一天中阳光相对较弱的时刻，即便这样，每次打水回去都会出一些汗。

尤其是中午时分，到处的蝉鸣声为空气中增加了几分躁动，所有的植物都耷拉着枝叶，人们也纷纷躲进阴凉里。有些村里的小孩子跳进河里游泳，我则喜欢在树林里拉起秋千，一本书、一壶茶，任慵懒的时光慢慢流淌。

这时我种的西红柿、黄瓜、茄子等蔬菜都成熟了。西红柿的味道比超市卖的好多了，微红的是酸中带甜，红透的则是完全地甜。我一口气可以吃掉两三个。黄瓜更是清脆，城市买的总是缺少它本身的味道，而自己种的，即便吃完，嘴巴里也遗留着黄瓜特有的清香。

我小院附近的另一个峪口，有一片几百亩的荷塘，从七月开始荷花便陆续地开了，这是我此生最爱的花，只是静静地注视着，内心都盈满喜悦。八月中旬终南山的荷花开到了最旺季，这片荷塘便成了我时常来的地方。有时跟着荷农一起进去采荷，满脚泥巴地踩进去，但是我从来不觉得泥巴是脏的，万物生长都来源于土地，每一个生命也终将回归大地。

我对荷花的挚爱，是少年时期便开始了的。

对荷花的第一印象是从初中时的课本中周敦颐的那篇《爱莲说》开始的：

> 水陆草木之花，可爱者甚蕃。晋陶渊明独爱菊。自李唐来，世人甚爱牡丹。予独爱莲之出淤泥而不染，濯清涟而不妖，中通外直，不蔓不枝，香远益清，亭亭净植，可远观而不可亵玩焉。

那时的我虽然还未见到过真的荷花，却被这段文字深深地吸引，一次次把它摘抄于笔记本的一角。那个孤独沉默的少年，最快乐的事情之一，便是一遍遍默念着那段文字，独自沉浸在那份清远的意境里。周敦颐先生一定是真心深爱着荷花的，短短几十字便深邃贴切地写出荷的本质来。

成年后，那个少年时一直默默不语的我，依旧话很少，只是内心日益变得尖锐起来。不想再无力地任凭世俗安排，开始挣扎，想要从让人变得腐朽的世俗框架里冲出一片属于自己的天空。在整个对峙的过程中，荷花一直是我心中的力量源泉。我在网上搜集了很多张荷花的图片，保存起来。用到的所有的头像、图片，几乎都跟荷花有关。有时想要放弃的时候，一看到荷花，便又一次充满了力量。

21岁那年，索性直接去文身店把一朵荷花文到了身上。看着文身笔一针一针地刺进自己的皮肤，一朵荷花伴着渗出的血滴永远地呈现在我的身体上，感动得想哭。

以前，一直理解不了那些去做文身的人，那一刻，我懂了。

即将步入而立之年，已经完全依照自己内心安好生活着的我，依旧深爱着荷花。只是已经很少去抄《爱莲说》，也不再用荷花图案做头像了。因为，荷花的无限清静、高远、独立、美好，早已深深化进我的血液与灵魂，早已成为照亮我生命的、不可磨灭的光。

从荷农处买来的荷花。

有荷之处，便有清幽。

安静绽放，不问不争。

秋：丰收时节

树木和花草在春季生发，在夏季成长，颜色由浅绿变成浓郁的深绿。那绿还没看够呢，一阵秋风吹来，它们就纷纷变了颜色。离小院不远的山坳间那一袭芦苇地里的芦苇花也开了，悠悠然地随风摇曳着，好看极了，每到芦苇花开的时候，我时常带一本书爬山到那里，待上半天也不会无聊。

秋季，是收获的季节。

山脚下的村民们收割麦子，收玉米，割豆子……我时常会走到地里从村民那里买一些刚成熟的玉米和豆子，拿回去煮了吃，十分的鲜嫩。山里的野生核桃、野生板栗、野生柿子等也陆续熟了，拎上篮子去山里捡核桃板栗是秋季里我最喜欢做的事。

这些也可以在菜市场里买到，但相比之下我更享受走进山林里亲手弯腰寻找、捡拾的过程，在这个过程里我更加全然地感受到大自然的丰厚与恩赐，通常是美味还没入口，整个人都已经满满地欣喜了。

在它们成熟初期，是得爬到树上去摘的，而我不擅长爬树，就等待着，等待再晚些时它们完全地成熟了，秋风也再大一些了。这时，时常晚上吹过秋风，第二天一早就有很多核桃和板栗被风吹落在地上，我只负责把它们从落叶中认出放进我的篮子里就行了。

晒干后的核桃壳是山居生活的“救火”利器。偶尔，烧茶做饭时一时疏忽忘了及时添柴，火苗会很快变小，在即将灭掉时只要抓一把核桃壳往柴里一放，灶膛里的小火苗瞬间就能燃起来。发现了这个诀窍以后，每次吃核桃我都会把砸下来的壳收起来备用。

我的小院附近，野生板栗、核桃、柿子、松子多到吃都吃不完。我摘够自己吃的，再留一些储存或送友人，剩余的很多都留给需要它们的其他生灵了。松鼠最喜欢收藏松子和板栗，虽然没有亲眼见到过松鼠的窝，但我猜想它们的窝里一定堆满了它们喜爱的食物。
到了深秋，红彤彤的柿子被阳光和风软化，变得又软又甜又糯，这样的柿子是鸟儿们的最爱，那些人们够不着的足够它们站在枝头吃到饱。

再进入深秋，荷塘里的荷叶变得枯黄，阵阵秋风吹落了树叶，整个山体一眼望去只有灰色褐色的枝干和土地，山脉比以往变得多了几分厚重，每每走在路上，脚踩落叶的声音则增添了几分生动。而到了夜晚，时常有风吹打着窗户，让人多了几分萧瑟的感觉。

这时，顾不上伤秋悲月，需要抓紧时间为即将到来的寒冬做准备了：干粮是否备齐？御寒衣物是否到位？最重要的是，在天气变得冷到人不愿意伸手之前，取暖用的柴火一定要劈好码好。

天气越来越冷，清晨起来可以看到空中飘浮的冰冷雾气，地里遗留的些许青菜叶子被裹上一层白白的霜，大可不必为它们担心，因为被霜打过的菜会格外的清甜。在进入深冬之前，如果菜地里还有菜没来得及吃完，在它们表层盖一层落叶是保护它们不被冻坏的小技巧。

秋季，自然万物从播种到丰收，从旺盛到枯萎，向人们展示着无声的轮回。人们也往往在秋季开始反思自我，回忆过往，总结当下，展望未来，自己哪里有了新的成长？哪里还需改进？人们的内心活动也与大自然息息相关。

春生夏长，秋收冬藏，大自然无声地运作着，它不会对任何事物有所期待和评判。而我们作为有情感、有思想的人类，在流转不息的时光里，做好当下的自己，应该就可以安心了。

枝头的野柿子变红了，它们即将成为最可口的美味。

深秋时节，每到清晨，万物都被覆盖上一层薄霜。

被霜冻过的青菜，总是格外的甜。

被冰冻住的瀑布，很有视觉冲击力，我一次次由衷地大自然的奇妙。

冬：山中赏雪

终南山一年四季都有着不同的景致和韵味。如果一定要问哪个季节相对无趣，那就是秋季过后的初冬时节。

这个阶段整个山脉都显出几分荒芜，秋季满枝头的野果都已落尽，树叶也归于尘土，只剩下光秃秃的树干，太阳很少出来，天空总是灰色，让人做什么都提不起精神来。如果没有外出踏山的计划，待在房间里时一定是要生起炉子取暖的，要不然整个人会冷得缩起来。

一到冬季，建设房屋的事项也都停了下来，厨房的缸里和桶里装满水，因为冬季水源大都被冻住，每次破冰取水都会多装一些以减少重复工作。这时，最多的陪伴就是书和茶。偶尔有山友互相串门，盘坐于炕上，泡起一杯又一杯的茶，再配上秋季时采摘的山核桃，猫儿窝在炕边打着呼噜，人们谈着山居逸事，或者什么都不说，只是一杯一杯地喝着茶，任凭窗外时光流逝，这是初冬时节的山居生活里最快乐的事。

冬天少了很多的生机，平时叽叽喳喳的鸟叫声都少了一大半，山涧里的瀑布也都冻成了冰瀑。站在被冻凝固的冰瀑前，我总可以瞬间感受到大自然不可思议的力量。流动的水在寒冬冻结成冰，又将在春暖花开时转换成流畅的水。你尽可以用科学理论来分析阐释，然而背后推动这一切成形的，是亘古以来无处不在无所不从的自然力量，它悄无声息地就将一切改变，谁也逃脱不了它的存在。

有的住山人因为熬不住冬季的寒冷，一到冬季就下山去城市里过冬，待第二年春季到来时再回山里来。而我是舍不得离开的，因为，我要等雪。只要熬过了单调的初冬，到了深冬，终南山总会下起一场场雪来。那雪景美到极致，美到让人想落泪。

生炉子取暖的柴是入冬之前就劈好的，被山居人整整齐齐地摆在屋檐下。这个时候最常做的食物是炖菜，萝卜白菜粉条，这些菜随意地往锅里放，像萝卜白菜这样的菜被冻了之后反而有一股甜甜的味道，怎么做都会很好吃，菜在柴炉上面咕咕嘟嘟地炖着，柴炉的灶膛里可能还烤着香甜的红薯。

在大雪时节，住山人做饭往往会多做一点点，因为大雪封盖了所有鸟兽们食用的干果枝叶，住山人把多做的食物放在房前屋后，附近的有缘生灵便不会挨饿了。

下雪的时候，整个山脉都被笼罩在雪海里，随便一个画面都美到无言。这时的住山人便纷纷离开房间了。性格活跃、有童真的一定不会错过堆雪人的好机会，有浪漫情怀的定是披了斗篷穿好靴子去踏雪寻梅。性格淡泊一些的，继续一本书一盏茶地安静着，也有人会趁机好好闭关、精进、修行。

越深越高的山里，雪景越为壮观和震撼，而这路途却是艰难的。雪厚路滑，能开车的路要开得很慢才行，车没办法开的地方，就要看你的耐力和体力如何了。耐力足够体力不行就只能半途而废，体力可以耐力不够也爬不到山顶。

2013年冬季，我在独自爬朝阳洞的半路，在雪地上连滑三跤，拍照近十年来第一次摔坏镜头。从那次以后，每次踏雪爬山我都会变得谨慎起来，接下来每次都会根据自己的体力选择高度和坡度适合的山头去爬。

以前在城市生活时，四季里我最不喜欢冬季。一到冬季，整个城市望出去只有灰突突的建筑和扎眼的霓虹灯广告牌，天空是让人提不起精神的灰霾，视觉上毫无美感可言。不管裹得再厚，也只感到总也焐不热的寒意。即便偶尔下了雪，也很快被车水马龙踩出各种黑色印子来。每每到了冬季，我都热切地盼望着春季的到来。

直到2013年我开始栖居终南山的生活，我第一次离开城市在山里过冬。山里自然是比城市更要冷一些的，白天都会生起炉子来。经常早晨醒来时看到鼻孔下的被子上满是体内热气和空中冷气相遇时凝结而成的白霜。

冬季的水流被冻住了，一般会把雪装进茶壶里放在炉子上烧化，煮一壶茶。这样的茶煮出来，我总会不自觉地异常珍惜。对着这样的一壶茶，我会不由得忆起些许关于冬季和雪的诗句来：

> 绿蚁新醅酒，红泥小火炉。
> 晚来天欲雪，能饮一杯无？

默念着白居易的这首诗，我似乎感到自己正隔着时空置身于诗人当年写下的意境里。

走出房间，眼前所有的树木天空都一片空寂，平常热闹的鸟儿们都不知藏到了哪里，只能听到偶尔的风声和自己的脚步声。

“千山鸟飞绝，万径人踪灭。”我瞬间感受到，此刻我不是正行走于这样的宽广和空寂里吗？

梅花开时，我会想起："寒风为魄云为魂，飘洒轻叩万户门。漫拂枝头合梅笑，香消玉殒化作春。"

以往读古代诗人的著作，只是简单地觉得文辞优美。而如今与大自然全然地联结，我才得以对其中的意境如实地心领神会。在城市密集的建筑和涌动的人潮里，总让人感到自身的渺小，空气中弥漫着匆忙和焦躁。大自然里也总会让人感到渺小，而这种渺小却充满对生命的珍惜与敬畏。古人能写出那么多文辞意境皆优美的诗句来，大概是因为古时没有高楼大厦挡住视野，没有电子娱乐吸引心神，他们把更多的时间放进了大自然里。而大自然本来就是诗意的存在，常行走其中，那些经典的诗词语句也便信手拈来了。现代人物质便利了，时代进步了，却也阻隔了与大自然的距离，诗词歌赋也就少有新的超越。

如今，回归山林的生活让我恍然发现：原来，冬季，真的是美啊！

这么多年过去了，冬季的冷没变，天空的灰霾没有变，洁白的雪没变，而我却已不再讨厌过冬了。我想，大概是因为我学会了让自己换一个角度去感受这种生活，换一个心态去看这个世间。

下一个冬季，我等你。

入冬，被雪覆盖的山体，空旷又寂静。

大自然带来的喜悦与震撼，只有你亲自经历才能体会到。

亲手堆的小雪人。

2013年的冬季，终南山里的第一场大雪。有人在雪地里吹箫弹琴。

生命应探寻的不只是物质世界，它更是一场内在成长与精神回归之旅。

第五章　寻隐记

心佛师父

一天，我收到一个人的短信，说想隔天来小院拜见。我并不擅长与人交往，正心想着这人哪里来的我手机号，怎么回拒合适，对方又发了一条，说是有位僧人也会一起过来。

一直以来，我对出家人有一种莫名的敬重感，所以，看到这条信息就立马答应了。

我从小院走到村子去迎接，这是我第一次见到她，她的法号心佛，近60岁了，剃度于一乘法师门下。她很瘦，但人看起来很精神，脸上总是带着温和的微笑。
在快到小院的半路，她突然一遍遍诵起佛号来：唵嘛呢叭咪吽……极具穿透力的声音，瞬间让小院四周的树林笼罩在一片庄严的氛围里。

我们在小院里短暂地喝茶、聊天。得知他们一行接下来是去为深山里的另一位同修送供养，我便与他们一起出发。回到我小院外的村子，车子继续向深山里开，在一山坳处停下，车没办法再开了。我们便从车上取出物品，男居士背米袋和菜油，女性就负责拎蔬菜。送完供养我们便告别了。

因为小院被盗的事，我决定找一个新的小院准备搬家。有一天我回桃园小院跟小院暂别。让我意想不到的一幕出现在眼前：在通往小院那一米多宽的小路上，一条巨大的翠绿色的蛇正横穿小路，那条蛇是我前所未见地大，看到它的时候，它上半截身子已穿过了小路，被草丛掩盖住了，而露出的下半截足足有日常用的洗脸盆那么粗。

我瞬间下意识地一声尖叫，身后的两三位朋友顺势望过去也看到了它，纷纷叫了一声。我护着众人往后退，一直退到后面的小桥上。虽然在山里和小院附近也见到过蛇，但这么大到完全超乎想象的还是第一次见。多亏也只是看到尾部，若直接看到它的整个身子，估计更是被吓得够呛。我让自己安定了情绪后，又安抚了受到惊吓的友人，过了片刻，才取了根棍子继续向前走。

后来我向心佛师父讲述了这次遭遇，她呵呵一笑："祥子，不用担心，那条蛇是你的护法，不会伤害你的。它知道你要离开了，所以出来跟你打招呼说再见呢。还记得去你小院那天我半路念咒诵经吗？那次我就感应到它了，所以念咒给它听，念咒是加持它护佑你呢。"

什么？！动物也可以是人的护法？虽然偶尔听说过类似的故事，例如某位法师深山闭关，有老虎豹子什么的守在洞口不让其他动物进去打扰，但没想到自己身边也有这样的事。

说实话，那条巨蛇究竟是不是我的护法，我内心是不曾确定的。但我更相信，这只是一场偶遇，我和这个独特的同样生活在这片山林的另一个生灵的偶遇。我们在那条小路上彼此照见，互不打扰互不伤害，仅此而已。

但可以确定的是，心佛师父确实是位很慈善的人，我很愿意亲近她。她住在终南山另一个峪口的一个禅院里，相识后，我便成了禅院的常客。

曾经的心佛师父，出生在东北的大山里，成年后从缺衣少食的山里走进城市，经历婚姻破裂后她独自拉扯女儿长大，终于打拼出一份稳定的工作，又发心学医，在上海成为一名专治疑难杂症、收入颇高、备受敬重的医生。一路从苦中走出来，终到功成名就时，却在自己最辉煌的时候选择了剃度落发遁入空门。

她说："当年我发愿给女儿在上海买套房子后就出家，自从有了这个愿，找我看病的人排着队来，三年的时间我就挣够了买房钱，现在想想真是菩萨感应啊。决定要出家的消息被朋友们知道后，她们抱着我哭啊，她们想不明白熬过了那么多的苦，终于可以享福了，怎么就这么想不开要出家呢？"

我也好奇，功成名就是多少人的向往呀。

"不是我想不开，而是我清楚自己要走的路。2000年我走进佛门，才知道众人所迷贪嗔痴，觉悟所除贪嗔痴，从此知道，人生最大的事就是了脱生死。”

“在终南山的生活条件其实挺苦的，但我从来没听到您因此抱怨过。”我说。

“在终南山修行是最快乐的，在这种艰苦的条件下更体会到佛陀的‘依教奉行，自净其意’。一个修行人若知道这些，什么问题都不成问题了。” 心佛师父安静地回答。

她提议我们去终南山的秦巅。沿着山路盘旋而上，层层叠叠的山脉群出现在我们眼前，层层的云朵穿行于山间，越往上行驶天地越开阔，向下望去，在远处盘旋山路旁的建筑都像蚂蚁般大小。到了山顶后，那山脉群和云朵便在我们的脚下了，只剩下那只可意会不可言传的、无限的疏阔和清远。

秦巅，是我目前去过的终南山最美的地方。

山顶的气候是多变的，即便是炎热的夏季，山顶也冷得让人瑟瑟发抖。时而蓝天白云，时而大雾弥漫。我们站在一块石头上瞭望的时候，她又唱起经咒向这座山的万物生命祈福消业，同时深深地向四面八方弯腰鞠躬，躲在相机后为她按动快门的我深深地被这幅画面感动，内心有一股热流温暖地弥散开来，那一刻我深深地体会到了什么是“慈悲”。

几乎每天都会有从外地赶过来的居士来到禅院，他们短暂停留，向她吐露内心的困惑或请教修禅中遇到的问题，她总是耐心地给予自己的建议。

“每天听这么多人倾诉烦恼，您好像一点也没觉得是负担啊？”

“为什么要觉得是负担呢？他们的烦恼也是曾经的我都有过的。以前我吃的苦受的欺，是因为自己没有能力去辨别，没有能力去化解。而现在，借助佛法的智慧我穿越了那些烦恼，若能帮其他人也走出烦恼，那是多么欢喜的事情。”

这真是让人敬畏啊。她用半生的时间将自己渡离苦海，却还不忘还在彼岸的世人。我想，这就是“菩萨心肠”吧。

她弯腰鞠躬同时诵经为万物祈福的画面，深深的印在我的脑海中。

生命不止，修行不息。

云老师夫妇

他们的小院在离我不远的另一个峪口里，闲暇时间我会去他们小院串门。因为性情相投的缘故，他们不仅是我的邻居、我的朋友，更多的是像自己的哥哥嫂嫂一般。

与很多“放下红尘”然后去山里隐居的人不同，他们的故事恰是反例：在遇到嫂子之前，云老师做了近二十年的出家人，还俗后遇到了云嫂，彼此一见钟情的两人携手隐居进了山林。

看云老师以前的照片，身材清瘦，眼神里透着三分犀利，一袭灰色僧袍飘逸出不染尘世的味道。而此刻，他与她一起守着山里这个质朴温暖的小院，与她一起建设家园、种菜，过着日出而作日落而息的生活，他会每天一早亲手为她煲好姜汤，会在她吃水果时细心地提前切成小块。很多对爱情不再奢望的人看到他们后，都重新燃起了对美好爱情的向往，我便是其中之一。

“为什么会出家那么多年后又选择还俗呢？”

云老师说：“少年时就选择出家是因为我发现自己的很多想法都和周边的人不一样，内心有太多的疑问想要探寻，而佛法是最能解开我内心质疑的，便出了家。后来，越来越发现，当下的佛教被人们搅弄得混沌不堪，即便是佛教体系本身也存在着很多的问题。这让我感到遗憾，我也知道凭自己的力量是无法改变这样的现状的，索性还俗去建立一片属于自己的清静地。以前总以为修行是往‘上’走，现在越发地感受它是得往‘下’走。脚踏实地去感受生活的每个细节，每朵花开，每一个人。”

“这点我也深有体会，以前我也有段疯狂地参加禅修体验的经历，特别迷恋上课时的感受，直到有一天我发现一味地追寻上课时的感受是不行的，更重要的东西不在课程里，而在生活的每个细节里。听到的道理再多，也都应该把它们扎根于生活才有意义。所以现在我几乎都不去禅修班了。”

云老师接着说：“生活的本质是不苦不乐的，关键是你如何去看待，如何去营造，如何去欣赏。我们要学会给自己创造一些乐趣，然而很多人不但没有给自己创造快乐，反而让自己沉浸在‘苦’里。所谓的修行不是一味地在蒲团上枯坐，同时也应具备通达俗世的智慧。真正的修行是在我们的生活里。”

这句话几乎是他们生活的写照：

云嫂原本有稳定又体面的工作，与还俗后的云老师因缘相遇并相恋，从以物质前提为基础的主流婚恋观来看，还俗后的云老师可以说是“一无所有”，但云嫂没有因为这些而犹豫，这样的魄力也并非一般女子所有。结婚后两个人决定离开纷繁的都市，去过他们真正想过的山居生活。初到终南山时一切都很艰难，可是，山在那里，彼此相爱的两个人在那里，这些就足以抵御所有的困难了。

从山民家租来的院子起初也破乱不堪，两个人亲自动手扎竹篱笆，铺上整洁的路，在乡下收来的旧陶罐里、深山捡来的老木桩里种上野花，质朴且充满生命力的美感是在城市的公园里感受不到的。废弃的旧木窗被他们挂在墙上，右下角放束花，瞬间，一幅活生生的艺术品诞生了。院子里开辟了两块菜地，一年四季都种着应季菜。到了冬天很多菜吃不完，云嫂便把它们腌制起来。经过近半年的整理，院子的每个角落都成了诗意的存在。

最初两个人相处，偶尔也有争执和拌嘴的时候。比如整理院子、种竹子时，嫂子觉得应该种在院中，而云老师建议种在院外。同时，嫂子有着和万千女性一样的通病：没有安全感。偶尔有一点不开心或不如意，负面情绪就开始风起云涌。云老师最开始也很是困惑：女人怎么是这样?

云老师毕竟是有着二十多年的禅修经验，他便开始觉察她的情绪起源与变化，了解了问题的根源。

“后来，每当我开始有负面情绪的时候，他就不再与我正面对峙了，只是平和地对我说：‘去看看你自己。’他会适时地点拨我。”云嫂说。

“我便开始训练随时观察一下自己，无论在哪里，在干什么，当时心里或身体的状态都要观察一下，这个基本功越来越扎实，慢慢就不需要他点了，自己瞬间就会看清楚自己的一切。烦恼愤怒怀疑等一切情绪都会瞬间被穿越，只要你看清楚了，一切就自己烟消云散了。”

我说：“是啊，我感受得到，现在的你很平和很稳定。相信以后你们的孩子也会很幸福的。有觉知、有智慧，知道什么是爱、怎么去爱的父母，孩子就不会白白受不必要的苦。像我们这样的童年阴影要花很多年修复，将来的他一定不会再受这样的苦了。”

在我们的生活中，很多的夫妻都是纠缠在那些琐碎事件引发的情绪里，由情绪引发纠葛，纠葛再演变成矛盾……直至情感被矛盾代替。这样的例子在生活中数不胜数。其实，那些都可以在源头就被化解掉的。云老师和云嫂是智慧且幸福的，因为他们知道去觉知，懂得去成长。如同云老师所说：“世间不存在我们想象中的‘完美爱情’，但一定存在‘带着醒觉’地去爱。完美的爱情故事基本上依靠想象去完成，因此一路上都觉得‘不是’；带着醒觉的爱就不同。一路走来，你感觉到一切都是最好的安排，从未有不是之他人，只有觉性未成熟之自己。”

我一直相信，爱比苦更滋养人，更让人有力量。
我们都是从“苦”里摸爬滚打着探索爱、追寻爱， 希望将来的后代们可以断了这轮回，直接从爱里感受爱、生发爱。

有一次他们包包子，嫂子开玩笑说：“跟我混，才有包子吃噢。”
云老师悠悠地回了一句：“跟我混，才有好心情包包子。”

看看人家这秀恩爱的境界，随随便便都秀出生活哲理了。

也有一些不能理解的人会问：“老师，您曾经是僧人，现在却生活安逸守着家人，只是这样如法吗？”云老师并没有理会这些疑问。同样的事物，不同的人有不同的看法，我们没有必要活在他人的认知里。

有一天，我按捺不住自己内心的好奇，大胆地问了句：“云老师，很好奇你遇到嫂子的时候是什么样的感受呀？”

“那一天，我在房间里坐着，她就推门而进，看到她那一刹那我就眼前一亮，心想，就是她了。”

“嫂子，你呢？你看到云老师第一眼是什么感觉呀？”还没等她开口，云老师便抢答道：“她呀，她当时一定在想：呀，这个男子可真不错。”云嫂佯装生气地说：“你想得美，我才没有呢。”但是望向云老师的眼神里却装满了爱怜。

“世间安得双全法，不负如来不负卿。”仓央嘉措到头来也没有找到“双全法”，空留下这句绝美诗句给世人遐想。而云老师和云嫂的存在，无疑是对这句话的最佳注解。

遇一意中人，携手隐山林。

他们把很多人内心向往的爱情过成了现实的模样。

深山踏雪

终南山的冬季很是寒冷，很多住山人都在寒冷的时候下山去暖和的地方度过，待来年开春暖和了再回山里。偏偏我就是连冷都不怕的“怪胎”，在我看来，终南山的冬季也是美的。它的萧瑟、清冽中别有一番古韵。尤其是下雪的时候，黛色的山体洒落上洁白的雪花，远看便是一幅活生生的水墨画。我是不愿错过这美景的。

二月初的时候终南山又下了一场大雪，我便决定去深山看雪。深山里的景象比山脚下美得多。虽然在这样的天气爬上去是一件很艰难、很多人都不会去做的事情。

正好遇到了一位师兄说他也想去，考虑到有个伴儿可以彼此照应，便同行了。我们计划从南五台开始爬，爬到南五台山顶，然后从后山——翠华山那里一路下山。

南五台跟别的山头不同的是已经被政府开发成为旅游景区了，一到冬季，山路覆盖上冰雪，送游客上山的大巴专线也停运了，我们便自行爬上去。

这一路除了维修山路的工人没有见到一个登山客，连平时叫声不绝于耳的鸟儿们都消失了踪影。平常步行两个半小时就爬到山顶了，因为冰雪覆盖路上打滑，这一趟，我们早上九点开始，到下午两点多才爬到山顶的寺庙紫竹林，用了平常整整两倍的时间。

紫竹林的比丘尼看到我们也小吃一惊：没想到这样的天气还有人爬山啊。善良的比丘尼为我们煮了挂面，饥肠辘辘的我瞬间暖和了很多。

那位比丘尼又装了些炸馍片让我们在半路饿时充饥。吃完面，小憩片刻，谢过比丘尼，开始准备下山时，同行的师兄突然说自己想在紫竹林住上一晚，第二天再下山。而我内心已做好当天下山的决定，那时的我还是有些执拗的，决定好的事不能随意反悔。于是，我便向比丘尼问好下山路线后独自一人踏上下山的路程。

上山的路是经过修整的水泥公路，冰雪让它变得很滑，但整体还算平稳，而下山走的那条是没经过任何修缮的野路，十分陡峭不说，因为大雪的覆盖，很多地方都被掩盖了，都有点儿难以分辨。根据经验，山间小路上的草是被踏平的，所以，我就顺着看起来没有草的地方走，那样的地方就一定是曾经的路了。

就这样摸索着独自走了大概一个多小时后，我翻过了紫竹林后面的山沟，走到了紧挨着的另一个山头的山顶上。

那是怎样的一段让我往后的生命中一想起就会禁不住眼眶湿润的路啊：

所有的树木、枯草、小路……眼睛所见之处都被白雪覆盖，可以透过树枝的缝隙看到远处高低起伏层层叠叠的山脉。除了我的脚踩在雪上的咯吱声和自己的呼吸声，再也听不到其他任何声音。我感受到一种无法言喻的寂静，在这种寂静里我整个人好像消失了一般，我可以听到我的脚步声和呼吸声，但我又是不存在的，那是一种和自然万物融为一体的感觉。

我以前从未有过这种体验，那一刹那，我感动得眼泪不知何时已经在眼眶里打转了。

我也不知那种感觉持续了多久，等我回到正常状态时，我发现好像走错了路，比丘尼告诉我的一些路上的标志性特征我并没有看到。

而我也只能继续往前走。

直到路的尽头一个小泥土院出现。我喜出望外，去敲门问路。一个年轻的男子开了门，显然，他对这样的天气有人出现在山顶上也是有点儿诧异的。说明来意后他出了院门，引我向前走了几百米可以看到远方岔路的地方。原来，走到山沟时我应该在一个小岔路向左拐的，但是大雪完全覆盖了那条窄小的路，我在那个地方径直地往前走了，所以走到了这里来。

年轻男子指路后又嘱咐我一定多加小心，我把自己带的干粮留了一些给他以示谢意后，就原路返回去找错过的那条小路了。

走了大约二十分钟后，突然一个人影出现在前面的小树林旁。原来也是一位住山人，他拿着桶在那里破冰打水。
我停下来，向他打听距离那条下山小路还有多远。
他也好奇地问："这么冷的大雪天你怎么在这里？"
我说："我爬山看雪，从南五台爬上来，从后山下，但是刚才迷路了，现在返回去找路。"

这时他也打好了水，我看他也不容易，便帮他拎了其中的一个小桶。他叫真子。

他问我："你现在继续下山吗？"
我答道："是的，我决定今天要下去的。"

他说："估计有点儿悬了，平时我们从这里下去到镇上都得两个小时，更别说现在大雪走得更慢。你看，天也快黑了。"

我抬头看，确实，这时天色已经暗下来。冬季的终南山天黑得很快，从天暗到天黑，用不了多久。

我问："那请问，半路有可以住宿的农家乐吗？"

他说："没有的，农家乐只有镇子里有。你还是别下了，路陡雪又厚，万一你不小心滑到沟里，大晚上的你喊都没人应的，那后果就不堪设想了。如果你不介意，前面那个院子里有我一间空房，你可以在那里住一晚，明天白天再下山会安全一些。"

好像也没有别的选择了，我便同意了这个建议。

我帮他把水拿到他的住处。那栋房子是他亲自在这个山顶搭建的。粗糙的泥坯做砖墙，树干做梁，几片石棉瓦铺在上面，墙的四周裹了一层防雨布。

这大概只有八九平方米的地方就是他的茅棚了。里面只有一张床，然后是一个小炉子，炉子边放了一把凳子，凳子旁边有一些木板搭成的支架，上面放着些许生活用品。

他邀请我吃晚饭后再过去。住山人之间都有一种莫名的信任，凭我的直觉认定他不是坏人，我便应允了。

“你是基督徒吗？” 我看到房间空空的墙上挂着一幅耶稣像。
“是的。”
“那很少见呀，来终南山的大部分都是修佛或修道的，修基督的我还是第一次遇到。”

“最开始我也修道，但后来发现我并不适合，就又开始修佛。但是佛法还是解决不了我的疑问，就转向修基督了。”
“那你现在修得如何？内心还有疑惑吗？”
“疑惑是有的，但我可以看书，从书中找答案。”说这些的时候，我看到他神情有一丝迷茫在游移。

我们聊着天，雪继续地飘着。炉子上是他煮的白米粥，没有配菜。我拿出带的零食和剩余的馍片一起吃。晚餐结束，天已经黑透了。

我的鞋和袜子也都全部湿透了，吃完饭，我把鞋袜也烤了一下。烤完鞋袜他送我到那个房间休息，也就是之前遇到那个年轻人的那个小院。推开柴门进到小院，看到一长溜大概一共有七八个房间。他跟住在最里面房间的年轻人打了个招呼，然后开了其中一个房间的门。

房间里除了一张炕和一张桌子，其他什么都没有。桌子和地上落满灰尘，炕上有三床被子，看着也破旧不堪。他说曾经很多进山修行的人在这个房间里落脚，而现在很久没有人住了，房间的钥匙经过各种辗转后就留在了他那里。

因为天气寒冷，出于好意他找来一些干柴把炕烧了起来，为了能有足够的热量，他往里面放了很多很多的柴。把炕烧好后他就告别回他的茅棚。

炕上实在灰尘太多了，被子都发黄了。什么清洁工具都没有，但没有办法清洁，只能这样将就了。我也实在有点儿困，裹着衣服吸着满满的灰尘味儿倒头就睡着了。

晚上12点左右，我从迷迷糊糊中醒来，因为感到小腿部位甚是难受，我把腿换了个位置似乎好受一点儿了，但不一会儿又开始难受起来，不管腿是伸着、蜷着，都难受。终于我还是忍着困顿说服自己爬起来看一看。我掀开被子，瞬间惊到无语：

因为炕里添的柴太多，也或许因为炕年久失修不耐用，里面的柴火竟然把炕直接烧穿了！对应我小腿部位的被子，有巴掌大的一片都被暗火燃成红彤彤的一片，挨着炕的那床被子被烧得更多，而底下的炕有盘子那么大的面积都被烧穿了！那片原本是泥巴色的炕愣是被烧成了一片通红！我赶紧起来把被子往外抱，刚把被子抱起来，“轰”的一声，被子上就由暗火变成了火苗乱窜的明火！

四床被子都烧着了，我把它们放在屋檐下，捧了几把雪把有火的地方压住，试图把被子的火熄灭，这样缝补一下以后还能用。
但是盖上去的雪没有用，被絮里的暗火一直持续地燃着。我又捧了很多雪还是盖不住。

我只好放弃。同时把炕里的没完全燃烧完的柴往外拿，瞬间整个房间烟雾缭绕，我被呛出了眼泪。

开着门窗通风，屋檐下被子的烟竟然也往房间里跑，我只好把被子拖到了院子中。

院子里的积雪已经快到膝盖厚了，而天上的雪已经从白天普通的雪变成了鹅毛大雪。在这寂静的夜空里，甚是好看。但外面实在冷得难以承受，我只好回到了烟雾缭绕的屋里。

然后，我裹着仅剩的一床被子坐在炕上，因为必须得开着门窗通风，很多的雪也被风拥裹着飘落到房间里。终南山顶的无名茅棚里，我忍着寒冷和烟熏就这样坐了整整一个晚上。大约到了凌晨三点左右，屋子里的烟气慢慢地淡了下来。

一夜无眠。

终于挨到天亮。我出去一看，三床被子已经被化为灰烬，上面落了一层白雪。而远处层层叠叠的山脉被大雪覆盖，整个世界是那么纯然、干净，连天空都变得格外透彻，美得让人有想落泪的冲动。望着山的刹那，我似乎忘了在几个小时前刚刚经历了最难熬的生死之劫。

我去院子最里面敲开那位年轻人的门并向他讲述了昨晚的事，他说："这么危险，你当时怎么不喊我帮忙？"

或许是因为一直不习惯打扰别人，习惯了一切独自面对。
他生起炉子说："吃过早餐你再下山吧，这样体力充沛一些。"

年轻人从福建来到终南山，很重的福建口音，以至于有的话我得请他重复说一遍才能听得懂，他在山里已经住了几个月了，是一名虔诚的佛教徒。
"你多久下一次山？"
"一两个月下一次。如果不是买柴米油盐这些基本所需，我就在房间里待着打坐念经，我不想把时间放在其他琐事上，那太浪费时间了。"

早餐是煮挂面，挂面里没有放香油和盐，而是加了一袋豆浆粉。因为水加少了的原因，豆浆和面紧紧地坨在一起。

这是我第一次吃这样做法的面条，口味甚是奇异。

“我不懂得煮饭，觉得只要能填饱肚子就行。”他说。

吃过早餐，他送我去真子师父的住处。

白天来看，他的茅棚显得格外的矮小。

向真子师父讲述了昨晚的经过，他十分震惊和诧异，并向我致歉。我说不用向我致歉，因为出现意外并不是他的本意，好在我及时醒来没有什么大的问题发生，所以我们应该感恩上天的护佑。我拿出300元钱交给他，拜托他改天去镇里买三床被子回来给那个房间补上。

他说我送你下山。看着又湿透的鞋子，我问他家里是否有塑料袋，我好把脚裹上与冰冷的鞋子隔开。

“你的脚穿多大码的鞋？”他问我。

我答道：“37码。”

他转身进房间拿出一双女式登山鞋："这双鞋子你穿吧，正好37码，还是全新的。"

这下轮到我诧异了："这里怎么会有新的女式鞋？"

"前段时间一些山下的居士们发心买了一批登山鞋发放给山里的住山人，但发给我的发错了，竟然是一双37码的女式鞋。"

没想到在这白雪皑皑的深山老林，竟然有一双全新的正好是我的尺码的鞋子在等着我，这种感觉真是不可思议。大概生命中很多的发生都是冥冥注定的吧。大到一场改变人生的际遇，小到一双穿在脚上的鞋。

我换上那双鞋，不大不小，正好是我的尺码。瞬间我的脚暖和了起来。

脚暖了，我整个人也随着感觉轻松舒展了很多。

下山的路确实很滑。雪停了下来，偶尔能听到鸟儿出来觅食的声音。

好在有真子师父在前面带路，所以我走得轻松很多。

下山路上，我们陆续遇到一些从城里过来身穿冲锋衣的驴友。长时间的冷气交织，我的头发竟然被寒气裹上了一层白霜，活活成了一个“白毛女”，这让那些驴友都纷纷回头看我。

一个多小时后我们终于走完了山路，走到了水泥路上，一些房屋和农家乐陆续出现。一些村民拿了扫帚出来扫雪，很多孩子拿了小车或盆子在路上玩。孩子们的欢声笑语让我感到自己终于回到了人间。

“再走四五十分钟就到镇上了。”真子师父说。

这时，一辆警车缓缓地从下面开来，到我前面时突然停住了，一位身穿警服的警察摇下窗户问我：“请问，你是祥子吗？”

“是啊，你们怎么知道我的名字？”

“那你上车吧，跟我们走一趟。”

真子师父一看这情形也诧异地看着我。

我也不知怎么回事，我平时可没做啥坏事，警察来找我干吗？

“有人报案了，一位男同志说他昨天与一位穿黄色羽绒服的女孩一起爬山，他今天回去见女孩还没回去，找也找不着，就报案了。你人没意外就好，坐上车跟我们去派出所销一下案吧。”

原来如此。于是，刚从云里雾里的山顶下来的我，在警察同志的邀请下和真子师父诧异的眼神里进了警车。到派出所登记销案完毕，警察同志给我倒了热水，休息片刻后我搭车回到了自己的小院。

我偶尔会再次忆起这段深山奇遇，也想起那位迷茫的真子师父来。在前不久我拨了他的手机号，却显示对方号码已停用。有一天路过翠华山的后山，向里面的人打听他的情况，人们说半年多前他就已经下山了。

也不知他现在过得怎样。

从山顶向下望去，山脚的寺庙愈发渺小。

温厚的土房让寒冷的画面多了一丝温暖。

那一隅静默与空灵。

能相遇如此美景，再遥远的路途也愿前行。

如心道长

1

住在深山的人，除了偶尔下山买生活必需的油盐等物品，大都极少下山。到了冬季， 更是如此。一场雪过后，终南山又一次被大雪覆盖。一位山友喊我一同去为山里的住山人送供养，想为他们送上自己的心意。

第一天，装好物资后便上路了。 下过雪的山路很滑，即便给车安装了防滑链，我们前行的速度也只有平时的四分之一。车开到不能开的地方就要靠人手提、肩扛才能把物资运上去。因为速度慢，为一个茅棚送完物资已是傍晚，我们便下山，计划休整一下第二天继续去往其他处。

下山路上车开到一半时，看到两位背着行囊的坤道向我们的车招手，她们是问路的。因为雪太厚路难走，这时天已将黑，我建议她们在前面的农家乐住宿一晚第二天再赶路，然后就道别了。在这样的大雪天很多人经受不住寒冷都不再出门，但这两位年轻的坤道竟然有如此的决心，真是魄力非凡。我从车里回望她们消失在雪夜中的背影，不由得升起一份敬意来。

2

第二天，我们装上物资，再次向山里出发。这一天我们要去的地方是如心道长那里。

两个小时后车终于在一个山沟的入口处停下， 我们把物资背在肩上，开始爬山路。山间小路很窄，加上背了物资，山路滑得时常得手脚并用，我们用了将近三个小时才爬到。如心道长的茅棚由一个山洞改建而成，他在这里住了七年了，四位乾道弟子跟着他一起生活了四五年，在出家进山前他们大都是高校毕业的高才生。

洞里有一张炕，炕的一边是一共不到十平方米的空地，这块空地就是平时如心道长为弟子讲法或来客时喝茶会客的地方。房间四周堆着各种古典名著和经书，而头顶四周很戏剧性地挂满了大大小小的塑料袋，里面有苹果、干果、饼干等各类食品，这些都是如心道长的信徒居士们从各地赶来拜访时带来的，而茅棚里对食物的需求有着严格的把控，所以这些大多没有来得及吃，就被这样搁置着。如心道长戏称他这里是终南山茅棚里的“高级小卖部”。

山洞门口有一片大概十平方米的空地 是做饭的地方，紧接着就是悬崖。他和几位弟子一起，每天练武、打拳、打坐、参经。离山洞不远有一片十几平方米的平地，这里就是他们的练功场。站桩、打拳等各种训练都在这里完成。群山在他们的面前和脚下，他们练习的身影似乎已和这巍峨的山脉融为一体，如果不是亲眼所见，我真会以为自己是在某个电影场景里。

画面是美好的，训练却是无比辛苦，甚至严苛的。每一个练习都有规定的数量和时长。大冬天的，各位弟子却都练到出汗。

如心道长说：“住山不能一味地打坐，动生阳，静生阴，应动静结合，方达最佳状态。”

这还只是基础的。天气好的时候，他时常还会带弟子们到周边爬山，让弟子们走悬崖峭壁或跳到某个紧挨着悬崖的小平台上，以练心智。当有弟子因害怕而不敢跳时，如心道长就会亲自先跳下去给弟子们打气。有弟子问：“师父，底下就是悬崖，你真的就不怕死吗？”如心道长说：“怕啊，我比你们还怕死，但我更想和你们一起活下去，一起更好地活下去。”

我也有些不解，日常的锻炼对体力和意志力的锻炼不是已经足够了吗？为什么还要用这样看上去有些极端的方式？

如心道长说：“那些是远远不够的，不只要锻炼他们体力的极限，也要开启他们意志力的极限，唯有这样，才不会停止不前，他们的心性才会日益磨炼。不只修体力、定力，还要有敢于打破自我的魄力。直冲目标，不受任何障碍的限制，这也就做到了‘不着相’。在日后的生活中，他们才能拥有非凡的意志力，不惧万难创造作为。”

我不由得内心一震：为什么生活中很多人做事都不会成功？因为欲望多，但意志又薄弱。遇到困难或挑战，只记得发愁或退缩，忘却了自己的目标，活在“着相”里。

3

从练功场回到茅棚，突然，一个身影让我感到似曾相识，原来是昨天下山时问路的那位年轻坤道，她的目的地竟然也是如心道长这里，昨晚她们并没有停下来在农家乐住宿，而是趁着雪夜当晚就赶路爬了上去，有的地方雪的厚度到了大腿处，这一路她们一共花了六个小时，到茅棚时已经深夜了。

聊天中我又得知，她是如心道长的女儿，道号心惠，20岁了，从小便跟如心道长一起练武术、读经。我一眼就感觉到她眉眼之间的气魄那么与众不同，生在这样的家庭，从小的言传身教自然不必说。如心道长的妻子和女儿在几年前也都出了家，在市里的一家坤道院里修习，如今她们都是如心道长的徒弟，以师徒相称。

她们这次赶上山来，因为这一天刚好是如心道长的生日。她们特此上山为师父庆生，如心道长的其他三位徒弟和居士也从市里赶来了。没想到，我这样一个外道人，歪打正着地赶上了如心道长的生日，这真是莫大的荣幸。

所有的弟子和居士对如心道长都十分恭敬，每次练习完毕都会到门口作揖通报，等如心道长开口发令才会开始下一步的行动。每次说法完毕，也都会弯腰稽首。那种发自内心的严谨和恭敬，是我在以往的生活氛围里从未感受过的。

我对他们练的功夫也很好奇，如心道长说："你想体验一下吗？"我说："好，当然愿意。"

如心道长示意一位女居士慎和与我先练“推手”，规则很简单，看谁先把谁推倒在地。

几个回合之后，我赢了。

如心道长又示意心惠道长与我推。我使尽全力地去推，可是我还没看清她的出力点，刹那间就已经被她推到山洞的另一侧，撞到了书桌上。她微微一笑说：“我还没使出全力呢，怕伤到你。”

然后如心道长又与心惠道长推，我还没反应过来呢，刹那间心惠道长像刚才的我一样，几乎是“飞”到了山洞的另一侧。

真的是天外有天人外有人啊。如果不是这次亲自与他们“过招”，我永远体会不到那些练习究竟有何不同，真的还一直以为只是不断重复的动作而已。这内功与外功几十年如一日不分昼夜的练习果然是不一样的。每一个你羡慕的人，都毫不吝啬地为自己的成长付出过你不曾有过的付出：时间、精力、专注，甚至意志的挑战……

因为出发时没有来得及吃早餐，到了中午我已饿得肚子咕咕叫了，却还没见要做饭的动静，这才知道这个道场几年来师父和弟子每天都只在下午食一顿素餐，而且都是白煮，不放一粒盐。我奇怪，按照世俗的说法，盐类能给身体带来各种不可缺的微量元素，每天都不吃盐对身体不会有损害吗?
如心道长说："我们的五脏是与各种味道相对应的，肝欲酸，脾欲甜，心欲苦，肺欲辛辣，肾欲咸。这五味都是属阴的，就五味来讲，普通人求的是平衡，而我们修行人则求阴消阳长。"

先且不说他的这个说法是否属实，连我这偶尔到深山的人，每每到来，都会有说不出的畅快和轻盈，更不用说他们常年不下山的人了。我相信，他们每天在这深山的天地之间，吸取到的大自然的能量，比城市里的任何补品都养人。

到了四点多，如心道长对弟子们喊："可以开始做饭了。"弟子们拱手作揖："是，师父。"然后就在门口外的平台上忙活开来。

到了六点多，饭菜终于上来了。
平时每餐只有一道清水煮菜，而因为那天是师父的生日，所以弟子们特地做了12道菜，还有他们用馒头做成的八卦形的“蛋糕”，黑色部分用紫薯粉制作。这“蛋糕”原料虽普通，却满是弟子们对师父的敬意和心意。饭菜上来，所有的弟子对师父叩首，祝福师父。

每天一顿的晚餐终于开动了，山里运来粮食实在不容易，大家也都饿了，所以每个人都吃得格外珍惜，连掉在桌子上的菜渣也都会捡起来吃掉。吃完饭，开始切“蛋糕”。这时，门外响起了敲门声，原来是如心道长的另一位在家弟子，他从市里带了蛋糕来为师父祝寿。这一个蛋糕，他先开一两个小时的车，再爬上这陡峭湿滑的山路，最终才得以送上来。 经过这么难走的山路，蛋糕却没有一丁点儿被磕碰的痕迹，依旧完好无损，这得是多么用心才能做到啊。

分蛋糕的环节也很有意思。因为做不到切得大小完全均匀，如心道长就把蛋糕按由大到小的排列顺序，让弟子们猜拳，按照赢的顺序相应地拿取。或许是因为这深山的气氛，这次的蛋糕我吃得异常甜香。

4

山里的天黑得很快，吃完晚餐和蛋糕，不知不觉间天已黑透了， 如果在平常，我一定会打着电筒下山，但这雪实在是太厚，得知茅棚附近有一间专门供女居士和女弟子住的寮房，我可以住下，我便决定不再趁黑下山，待第二天再下山这样最安全。

生日餐结束，弟子们纷纷拿出自己亲手写的祝寿诗，其中让我记忆深刻的是心惠道长的：

万物气冲将复苏，
仙曲剑舞把寿祝。
待到瑶池相会时，
再捧蟠桃敬师父。

如心道长也写了一首：

望归蓬莱跨鹤起，

青云万里也瞬息。
却道一心化成尘，
凡显圣隐不二气。

然后，男弟子们在夜里的练功场继续练习，而女弟子们则在洞里举哑铃。每个人轮流地举，每一次如心道长都会鼓励大家坚持。

我也参与了尝试，10多斤的哑铃，我连续举了60次，这对我来说也真是个不小的挑战。

举完哑铃，如心道长又开始点评弟子们的诗，对每一位的心意、语法、措辞等，给予点评或提点。平时最晚十一点多我就休息了，而点评完诗已经深夜一点多了，他们还没有回去休息的旨意，每个人依旧专注地听着如心道长的开示。我困得开始打盹，终于熬到凌晨三点，如心道长才说："大家去休息吧。"

他们每天都是如此，学习到凌晨三四点。这真的是一般人不能及。

茅棚门口空地的一侧，有一个两米多高的完全90度的梯子，爬上这个90度的梯子沿着狭窄的小路往前走，是一间由简易材料搭建的房子。这便是女弟子和女居士的寮房，里面除了一张桌子，就是一个大通铺，而房子的一边紧挨着的就是悬崖。

深山的夜晚格外安静，一丝杂音都没有，繁星点点，每一颗看上去都格外大。铺好被子，心惠道长和其他居士们依旧交流着她们今天的收获和学习，也许是爬山体力消耗较大，也许是极少熬到凌晨三点，我实在是太困了，掖好被子，很快就睡着了。

5

第二天一早，起床的时候，门口已经被阳光铺满。

弟子们排好顺序，一同向如心道长请安。新一天的训练开始了。

到了中午，我向如心道长告别，女居士慎和也要下山，我们便相互做伴。

下了山，车子开出山脉，拥挤的村庄和忙碌的人群陆续出现在视野里，我回想起山里的那些面孔来。当俗世间的男男女女在热衷于搜罗各种美食时，他们选择了一日一餐的清汤寡水；当人们把大把的时间花在美容、购物和娱乐上时，他们在寒冬里苦苦训练，磨炼心性；当人们追逐于更大的房子、更好的车子，为男欢女爱迷茫或执着时，他们选择身无分文，把自己的生命交付于天地自然。

我不禁感慨：一山之隔，两重世界。

再遇到困难或挑战时，每当想起深山里如心道长他们的精神，我都会告诉自己再坚持一下，告诉自己不要因为阻碍的存在而忘记了最初的目的地。经过这次拜访的感染，我想，我在成为更坚韧的自己的路上，又前进了一步。

一到冬季，动物们也都蛰伏起来，偶尔会有喜鹊出来觅食。

出了茅棚就望见远处连绵的山脉，高山之巅，宽广无垠 ，天人合一的画面，使人感到震撼。

练功时的如心道长。他的动作总是异常的迅捷。

终南山书院

走进这家位于海拔1000多米处的深山私塾时，首先映入眼帘的是满眼的绿，这座利用曾经废弃的山中小学改建成的书院，坐落在山坳间，放眼望去它的前后都是山的翠绿，细细听可以听到私塾旁哗哗而过的溪流声。

书院的创建人白老师曾经在广告传媒行业工作，并一直喜欢学习传统文化。2008年他的女儿出生，出于对女儿教育的展望，他看到很多孩子在教育方面的问题，对现行的教育体制产生了诸多质疑。所以，他一直在思索女儿将来的教育之路该怎么走。

在女儿三个月的时候，他去了湖南、武汉、安徽等多地的国学教育的研习营，拜访了最早做读经教育的那批前辈，考察学习传统文化教育，包括教学理念、教学方法、教学策略。经过持久广泛的学习，白老师取得了极大的提升，办学的念头日益坚定。

2010年，他终于在终南深山里找到了这个闲置了近十年之久的旧学校。这里开始只有空房子，没水没电，院子里一片荒草，白老师亲手进行装修、改造和完善，慢慢地厨房菜园活动场所一应俱全。

2010年，他带着自己的外甥和朋友的孩子，一共三个孩子进山了。白老师放下了山下的生意，他的爱人侯老师还在市里。大概持续了两三年后，他爱人也进山了。

2012年开始，孩子也越来越多，在书院生活学习的孩子达到了十个左右，年龄在四五岁到十六七岁之间。侯老师说孩子们每天的吃喝都需要开销，所以书院也不可能做到完全的公益，对每个把孩子送来的家庭都会收取一定的学费，每年下来书院的收支是持平状态，没有赢利空间，但是对于他们来说山上的生活带来的是精神上的富足。

曾经，白老师和侯老师做生意做得很成功，也都过过奢华的生活，物质上的享受对他们来说早已毫无吸引力，他们更愿意安住在这大山里，在淡泊的日子里做一些对生命更有意义的事。

因为我自己也是传统文化的爱好者， 与白老师、侯老师相识后，我便在空闲时偶尔去书院小住与学习。

深山里的气温要比山脚下低一些，如果是冬季得比山下多裹一件羽绒服，即便是在夏季，一早一晚也得多披一件厚外套。在书院小住的清晨，我每天从轻盈的手鼓声和孩子们琅琅的诵读声中醒来，这时的天刚蒙蒙亮。伴着诵读声，我起床洗漱整理。

他们诵的是《道德经》，为了给孩子们增加诵经的轻松度和节奏感，侯老师坐在校园中间一手拍动手鼓，一手抚书与孩子们一起诵读，孩子们排成队沿着校园四周边走边诵。说来也奇怪，有了手鼓做配音，读起经来我一点儿也不觉得枯燥，感觉变得生动多了，也更加容易专注起来。

一个小时的诵经课结束，白老师便带孩子们出发到山坳间的一处草甸里练功，练的是五步拳和站桩。高山上的阳光尤其明亮，草甸是山坳间的一处平地，地上开满了紫色的小野花，站在这里仰望天空，我被一种温暖的极具穿透力的气场笼罩着。

上午九点是早餐时间。书院的老师和孩子们一直坚持素食，且一日两餐。我好奇在城市里人们都习惯了一日三餐，在山里长期一日两餐对孩子们来说习惯吗？侯老师说自古以来中国古人都是日出而作日落而息，一日两餐从中医角度讲是最合乎养生之道的。来这里的孩子都是佛教家庭的孩子，他们与书院有着共同的信仰，平常生活中父母都很注意培养孩子对生命的爱护和珍惜，所以常年素食对孩子们来说也都没有任何问题。

早餐过后，又一个小时的诵经课，这次背诵的是《黄帝内经》。然后开始中医实践课。

每一个穴位如何寻找、有何作用、如何扎针，侯老师都会一一说明，再由孩子们亲手实践。

中午有一个小时的午休时间，午休过后，侯老师和厨房阿姨为孩子们准备了烤馍片，还有侯老师亲自做的酸奶，酸奶是用学校养的羊挤的奶做的。这就是老师和孩子们中午的茶点了。

下午一点半，开始了吟诵课。在侯老师的带领下，一首首古诗词被孩子们以吟诵的方式念出来。
音量的大小和发声长短抑扬顿挫地变换着。古老的诗歌从这些声线纯净略显稚嫩的声音中变换出不同的情意和气韵来，那么悠远宁静与灵动，那一刻，我似乎随着这声音隔着时空与诗词的作者对话一般，感动得无以言说。

吟诵课结束后是书法课。每个孩子的练习进度不同，所以他们练习的内容也是不同的。练习书法的六个步骤是画线、双沟、描摹、临帖、背帖和创作。其中的每一个步骤都要经历很长时间的练习，练习到位后才可以进行下一步，仅画线这一个简单的步骤每个孩子都要画两三个月之久。

年纪偏小来书院不久的孩子在纸上画横线，而在书院待了五年的14岁的德乐已经在临帖了。

下午四点到五点是劳作课。每天的捡柴火、放羊、种菜和给菜浇水，便在劳作课上完成。捡柴的过程中，一些孩子会把自己捡到的好看的松果收集起来，记得小时候我也喜欢收藏大自然里的花花草草，把它们夹在书本里做成标本或放在房间里做点缀，小孩子对大自然的爱是相通的。而挤羊奶的任务由书院里最大的孩子嘉衡完成，初夏的终南山是樱桃成熟的季节，学校旁的一棵樱桃树是最受孩子们欢迎的，身手好的则直接爬上去采摘。

下午五点半，晚餐时间到了，大家排队打饭，然后坐在桌子旁待所有老师和同学都坐下后，开始餐前诵经感恩。餐前的感恩诗是白老师写的：

求学终南山，当念父母难。

粒粒盘中餐，声声圣人唤。

感恩国亲师，拜谢众有缘。

誓称贤者愿，无愧天地间。

现在的孩子普遍不知道感恩，不知道一粥一饭来之不易。对天地万物、对父母没有感恩之心，他们习惯了饭来张口衣来伸手，而书院里的孩子们不管何时吃饭，总是吃得干干净净，碗底不会遗落残渣，即便掉在桌子上的米粒也都会夹起来吃掉，用过的餐具也会自己清洗后放回原位。我想这与孩子们自己亲手捡烧饭用的柴并亲自种菜有关。

这一点我也深有体会：在开始山居生活以前，我也时常浪费食物，经常碗底剩一些饭菜吃不完，倒掉也觉得理所当然，而在山居生活中吃着自己亲手种的菜，粮食是自己经历辛苦运来，吃的水是自己每趟来回半个小时去村子里拎来，这样的生活不到一周的时间我以前浪费食物的坏毛病就彻底不治而愈了。连我妈来到终南山时都惊奇于我的变化之快。

这里的学科没有数学物理等理工学科，我问侯老师：“这样在孩子们的成长中会有缺失吗？”

侯老师说：“不会的，因为我们每天学习的《黄帝内经》里很多都涉及数学，况且术业有专攻，孩子们是立志学医。在谈及将来孩子们与社会的对接问题时，侯老师说书院以培养中医为主。在书院打基础，三年学经络，三年学经方，三年参与师承班，学医之路漫长且深入。好在中医的学习也是实践的学习，学的过程就在运用，学的过程就体验到快乐。未来孩子们将成为一名名中医师或艾灸师等健康领域的职业人。最重要的是，孩子们的父母不愿看到孩子们在应试教育下失去童年本来应有的模样，在书院的学习生活虽是一条非主流的道路，却最大可能地给予了孩子们最大的发展空间和本性保留。”

我问德乐：“现在你年纪这么小，你确定自己将来长大后依然想做一名中医吗？”德乐微微笑道：“是的，我确定。”她清晰的愿力和志向让我感到震惊。

在当下社会多少人没有志向，不了解自己的内心，找不到人生的方向，于混混沌沌中虚耗年月。或许看似目前孩子们的生活与大环境脱节，但我相信这些年书院的生活会在他们内心深深地埋下一颗智慧的、坚忍的种子，这颗种子在书院的呵护下得以扎根成长，在将来出山后的入世生活里，那颗种子将照亮他们未来人生的每一步。

在山上学习生活多少有些清苦、寂寥，一般人是待不住的，能用心学习又能安住于山上，这些孩子们都通过了考验，也真是不容易，我第一次从内心深处对一群孩子升起敬意来。

正如白老师所说：教育归根结底就是持续不断地提升一个人的能量，能量的高低决定这个人的生命力和影响力 。

书院经常带孩子到大自然里去，在大自然里才能感受到壮美山河无尽的魅力，智者乐水仁者乐山，在大美山水之间才能培养出智仁勇三全的人，这是孔子当时教育的最高境界。脱离天地自然每天局限于围墙式的教室，只会限制孩子们心性的发展。在天地自然中可养浩然正气，吸收天地精华，吸收天地之能量，书院里的孩子们无疑是幸运的。

在有的家长和孩子削尖了脑袋往名牌大学里冲时，书院的老师、家长与孩子们却选择了这样一条少有人走的路，我是发自内心地理解他们的，虽然我们各自的形式不同，但其实我们走在相同的道路上：生命应探寻的不只是物质世界，它更是一场内在成长与精神回归之旅，在五味杂陈的尘世间不随波逐流，永葆一颗赤子之心，追随内心，让自己的生命绽放出更多的美好与诗意来，如此，便不辜负生命了。

练习书法是书院孩子们每天的必修课。

树上的樱桃红了。你来摘，我来接，书院是互帮互爱的小家庭

用手鼓的鼓点配合诵经学习，每一位学生都积极的参与其中。

每天清晨，白老师都会带领孩子们练习站桩，吸收天地能量。

把日子过成诗

后记

2014年，我在终南山生活的第二年，我便陆续收到几位编辑的出书邀约，那时的自己总觉得自己还太年轻，同时才疏学浅尚无太多沉淀，便一一婉言谢绝了。

直到2015年春天收到独立策划人汤姐的邀约，当我把内心所想告诉她时，她回复我：的确，或许一些人会觉得你作为九〇后，现在出书为时尚早沉淀不够，但那又如何？一定得七老八十将近人生末尾了才有资格写书吗？年纪大时写有年纪大的好处，20多岁时写有20多岁的感受和活力，人生不同年龄阶段本就有不同阶段的特质，不管哪一种都很美，我们都要接受。

因为她的劝诫，我才开始放下对自己“太年轻”的芥蒂开始动笔。接下来，不管是背着相机行走在山间还是独自静坐在小院，我都习惯随身带着记事本和笔，所有真实发生的有趣经历或内心感触我都会用笔写下来。或许习惯了对生活中的一切都认真对待，这本原计划半年完工的书我写了近一年半的时间。

回顾以往，山居前的我总是戾气十足，用一些朋友的话说：隔着老远都能感受到你那波动的情绪；山居前的我独自一人抱着相机行走在不同的城市和国家，时常清晨醒来要回想一下才能想起自己是在哪里，内心自由却又无根地漂泊着；山居前的我到处寻找心灵导师，到处参加禅修班，试图找到一条永恒的内在探索之路。

2013年与终南山的相遇，使我开启了生命的另一扇门。在远离城市喧嚣的生活里，我的生命得以全然地参与到大自然里，得以愈加走进自己的内心。没水没电的桃园小院里，我经历着物质清苦的考验，精神上却被极大地撼动和洗礼着：那些生命力强劲的花花草草，那些冬枯夏荣的树木河流，那些自由生长的鸟儿昆虫，那无垠宽广的大地和天空。沉默无言的它们一次次带给我心灵的启发。

于是，我不再参与任何禅修班，不再追随任何导师，我终于发现，我终极的灵魂导师不是哪一个人，而是大自然。我不再依恋行走漂泊的生活，我的内心越来越平和安定。朋友们也见证着我的成长，而这本书，大概也是对于山居四年的我个人成长的最好总结与留念了。

不知看完此书的你们会怎样“定义”它？

在我看来，书里的字既不是“鸡汤文”，更不是“励志文”，在各种清新、迷茫格调的书盛行的年代，我希望这些真实出现在我生命中的图片和文字能带给大家的并不是空洞的共鸣或短暂的精神慰藉。

如果可以，我希望它是我们彼此灵魂共通部分的桥梁；
如果可以，我希望它能引发你一定程度地对生命的思考和对自我的深度探寻；
如果可以，我希望它在你试图追随自己内心却有所却步时告诉你：请允许自己遵循内心去生活，请相信你可以创造任何你想要的生命体验，请相信你值得拥有一切的美好。

请相信！

图书在版编目（CIP）数据

把日子过成诗 / 祥子著. —长沙: 湖南文艺出版社，2016.9
ISBN 978-7-5404-7672-4

Ⅰ. ①把… Ⅱ. ①祥… Ⅲ. ①散文集–中国–当代 Ⅳ. ①I267

中国版本图书馆CIP数据核字（2016）第148351号

上架建议：畅销/散文

BA RIZI GUOCHENG SHI
把日子过成诗

作　　者：祥　子
出 版 人：刘清华
责任编辑：薛　健　刘诗哲
选题策划：汤曼莉
监　　制：毛闽峰　李　娜
特约策划：杨清钰
特约编辑：马玉瑾
营销编辑：贾竹婷　雷清清
装帧设计：利　锐
出版发行：湖南文艺出版社
（长沙市雨花区东二环一段508号　邮编：410014）
网　　址：www.hnwy.net
印　　刷：北京缤索印刷有限公司
经　　销：新华书店
开　　本：875mm×1270mm　1/32
字　　数：175千字
印　　张：8.5
版　　次：2016年9月第1版
印　　次：2016年9月第1次印刷
书　　号：ISBN 978-7-5404-7672-4
定　　价：39.80元

质量监督电话：010-59096394
团购电话：010-59320018